Benoît Duteurtre

Drôle
de temps

Édition revue par l'auteur
Avant-propos de Milan Kundera

Gallimard

Benoît Duteurtre est né près du Havre. Encouragé par Samuel Beckett, il publie en 1982 son premier texte dans la revue *Minuit*, puis accomplit divers métiers entre musique et journalisme.

Il est l'auteur de plusieurs romans (*L'amoureux malgré lui, Tout doit disparaître, Gaieté parisienne, Les malentendus*), d'un recueil de nouvelles (*Drôle de temps*), d'un livre sur les vaches et d'essais sur la musique. Sa curiosité pour les situations et les décors contemporains, la clarté de son écriture et son humour décalé marquent sa singularité dans la jeune littérature française.

Drôle de temps a obtenu en 1997 le prix de la Nouvelle de l'Académie française.

Benoît Duteurtre a obtenu le prix Médicis en 2001 pour son roman *Le voyage en France*.

La nudité comique des choses

«Le plus grand événement de cette deuxième moitié du siècle, c'est la disparition des trottoirs», disait un jour Cioran entre le salon et la salle à manger, dans l'appartement de Claude Gallimard. Je vois encore les sourires polis et embarrassés qui suivirent. Pourtant, quelle leçon du concret! Car une kyrielle d'événements dramatiques se déroule sans infléchir si peu que ce soit notre vie, tandis que le remplacement des trottoirs par ces minces passerelles surpeuplées, jetées entre les piquets, les voitures garées, les échafaudages, les poubelles, où il est impossible de flâner, de faire halte, de marcher côte à côte, a transformé la notion même de la ville, du quotidien, des promenades, des rendez-vous, du plaisir de vivre.

Aussi révélatrice que la phrase de Cioran est l'incompréhension sincère qui lui répondait : elle signifie que non seulement nous ne sommes plus capables de voir les trottoirs tels qu'ils sont mais pas même capables de nous rendre compte de cette incapacité. Je le pense depuis longtemps : rien n'est plus important pour la littérature française d'aujourd'hui que de renouer enfin le contact avec le concret perpétuellement escamoté. Duteurtre observe et décrit ce qu'il voit. Comme s'il voulait nous dire : s'il n'y a plus d'espoir de changer ce monde qui ne mérite pas d'amour, que nous reste-t-il à faire ? Ne pas se laisser duper. Voir et savoir. Savoir voir.

L'art du roman a connu, pendant son histoire, plusieurs «écoles» de description. La prose de Duteurtre me fait penser à «l'école de Tolstoï», par exemple à cette description expressément naïve de l'opéra dans *Guerre et Paix* : «*Au deuxième acte il y avait des tableaux représentant des tombeaux, et dans la toile il y avait des trous représentant la lune : de droite et de gauche sortit une foule ; ils firent des gestes de la main, et dans la main ils avaient quelque chose qui ressemblait à des poignards ; ils se mirent à entraîner vers le dehors la jeune fille. Ils ne réussirent pas à l'entraîner du premier coup mais chantèrent longuement avec elle, après quoi ils l'entraînèrent et tout le monde s'agenouilla et entonna une prière.*» Description comme façon d'arracher à une situation le voile du sens supposé, afin de découvrir la nudité comique des choses.

Il n'y a dans ce livre que de très banales «scènes de la vie» révélant leur nudité comique : un petit déjeuner à la maison, un cocktail mondain, une quête sexuelle monotone, l'inauguration d'un parking, etc. Mais tout cela dans une diversité virtuose de formes. La plus longue prose, par exemple, est un mini-roman en plusieurs chapitres : une aimable comédie champêtre. Dans d'autres textes, la description tourne au délire. Un homme se précipite pour faire pipi dans une sanisette ; le mécanisme aussi sophistiqué que défaillant se referme derrière lui et ne le relâche plus. Le temps passe. Effrayé, l'homme est sûr qu'il va rester à jamais prisonnier. Après une attente infinie, soudain (on ne sait pourquoi, certainement aussi par défaillance), la porte s'ouvre. Il sort mais, après cette épreuve, il est entièrement purifié et le monde qu'il voit devant lui ressemble à l'Utopie du « monde nouveau ».

Ainsi tout, dans ce livre, prend racine dans des situations on ne peut plus banales. Une idylle aussi bien qu'un cauchemar. Cauchemar qui garde toute la gravité comique de l'insignifiant.

MILAN KUNDERA

1

Scènes de la vie

(PETIT DÉJEUNER)

Vers huit heures, je bois un bol de café au lait. Mal réveillé, je contemple cette mare fumante où se forme une mince pellicule de crème. Du pouce et de l'index, je soulève la peau que je tire vers le rebord. Je tourne la cuiller, pour dissoudre et délayer le morceau de sucre blanc. J'écoute les informations d'une station radio : guerre et paix, mises en examen, show-biz du petit matin. La crème, sur le rebord, dégouline lentement. Les nouvelles d'aujourd'hui ressemblent à celles d'hier mais je m'intéresse. J'étale un peu de beurre sur la tartine. Je donne mon avis, je commente le commentaire. Je jette un coup d'œil sur la couleur du ciel. La radio grésille. Des phrases me font sourire. Quelques formules m'agacent. Peu à peu je m'éveille. J'interpelle un journaliste. Seul dans la cuisine, les lèvres imbibées de café sucré, je proteste. Des décisions m'irritent. Je raisonne les gouvernants. Je prends la bouteille de jus d'orange dans le réfrigérateur. Je m'interpose entre l'Amé-

15

rique et le Moyen-Orient. Je plonge la cuiller dans le pot de confiture. Je suis contre la création de places supplémentaires dans les prisons. Je demande un projet, un vrai projet de société : je veux du sens. Je mords goulûment le pain beurré, plein de dédain pour la classe politique. Je finis mon bol en suivant les cours de la Bourse. Je m'essuie les babines. J'attends la météo.

Il était une fois un homme, en France, à la fin du XXe siècle. Je me présente : je ne manque de rien, je n'ai peur de personne. Tout pour être heureux, en somme : un pays tempéré, un régime politique stable, des études supérieures à l'université, une profession convenablement rémunérée. Mon éducation m'a laissé le sens du devoir, le goût du travail bien fait, l'esprit critique et l'angoisse de l'oisiveté. J'ai appris à être poli, à me tenir proprement à table. Je dissimule sans doute quelques zones troubles. Mais presque tout en moi correspond — ou s'efforce de correspondre — à la catégorie humaine à laquelle j'appartiens. Je suis un reflet de mon temps.

(COCKTAIL)

Ministère de la Culture. Conférence de presse dans les salons du deuxième étage, au-dessus des jardins du Palais-Royal. J'arrive un peu en retard, vêtu d'un costume et d'une chemise entrouverte.

Je donne mon carton, grimpe rapidement l'escalier, m'enfonce dans la foule sous les lambris. Je me hisse sur la pointe des pieds, lève la tête pour apercevoir le ministre, tout au fond, en train d'évoquer la Cité de la Musique, érigée à la place des anciens abattoirs :

— Tel un forum de la Réconciliation des Cultures...

La voix susurre. Intimité amplifiée par les haut-parleurs ; douceur enveloppante, grain légèrement canaille ; tout souligne le style détendu du ministre de la liberté, du bonheur et, plus simplement, « de la vie », comme il aime se désigner lui-même. Sa tête bien coiffée émerge d'une chemise à large col, dessinée par un couturier branché. Assis à sa tribune, il sourit à la cantonade, cite André Breton avant de conclure :

— La Cité de la Musique est l'une des institutions les plus modernes d'Europe.

Des millions de francs coulent de sa bouche. Vingt-cinq mille groupes de rock subventionnés par l'État. Le pouvoir en lutte contre l'ordre établi...

Le ministre a rassemblé, au premier rang de sa conférence, un plateau très chic : artistes d'avant-garde, stars du rap, de la chanson, metteurs en scène audacieux, créateurs de mode. Derrière eux, sur plusieurs rangées de chaises, sont assis les bataillons de faux journalistes, correspondants de revues disparues qui meublent semblables réceptions tout en prenant des notes sur de petits carnets. Au fond de

17

la salle se tient la *vraie presse*, arrivée légèrement en retard, mêlée aux administrateurs et aux directeurs. Debout les uns contre les autres, serrés dans les coins, désinvoltes, les commentateurs et gestionnaires de la culture moderne écoutent leur ministre :

— Le milieu artistique français doit s'armer contre la concurrence internationale...

Les lustres au plafond sont d'époque. Poussant des épaules, je gagne quelques rangs. Soucieux d'être vu, satisfait d'être reconnu, j'adresse un signe complice à quelques connaissances.

Dans un coin de la pièce, appuyé contre une porte, je reconnais le directeur du Théâtre. Grand maigre, costume bleu, cravate rouge, cheveux gominés, chewing-gum. Faussement détendu, l'homme se balance d'une jambe sur l'autre. Par instants, son visage se crispe et il ressemble à un oisillon. C'est un cadre supérieur de la création, stressé ; il est autoritaire, inscrit à gauche. Près de lui se tient le directeur des Arts plastiques, moue boudeuse. Ce critique a su, en son temps, s'affirmer comme militant d'avant-garde. Il a gravi les échelons de la hiérarchie culturelle. Ancien moïste, il est passé au centre.

Le ministre achève son discours, énumère les actions de l'État, d'où il ressort que nous vivons une époque extraordinaire ; que la *demande d'identité* n'a jamais été aussi forte, ni le *savoir-faire culturel* aussi grand, que jamais l'État n'a autant aimé les artistes, que jamais les artistes n'ont autant aimé la France :

— Notre conviction est que l'art est un partage, que nous voudrions rendre chaque jour *un peu plus large, un peu plus libre, un peu plus fécond.*

On applaudit. Des questions ? Pas de question… Tandis que les faux journalistes se jettent sur le buffet, le directeur du Théâtre et le directeur des Arts plastiques s'avancent vers le ministre pour le féliciter. Plus rapide qu'eux, un reporter de province saisit le gouvernant au pied de l'estrade, tend son micro et pose une question subsidiaire. Irrités par ce contretemps, les deux éminences du pouvoir culturel s'immobilisent discrètement sur le côté. Pressés de saluer le patron, ils jettent des regards agacés. Un déjeuner de travail les attend. Ils s'impatientent, immobiles, tels deux chiens d'arrêt, à un mètre du ministre.

D'autres individus s'approchent, munis de coupes de champagne. Toute une grappe humaine tourne autour du chef, chacun calculant le moment où il va bondir par hasard, accrocher son regard par hasard et, peut-être, dire une phrase qui le fera remarquer.

L'interview se prolonge. Le ministre sourit à deux photographes. Les directeurs du Théâtre et des Arts plastiques échangent quelques mots pour masquer leur irritation. Ils évoquent un récent gala contre le fascisme. Ils se dévisagent, comparent leurs cravates, leurs surfaces médiatiques, leurs teints pâles.

Enfin, le journaliste intrus est repoussé. Aussitôt, laissant choir leur conversation, le couple de tourtereaux fond d'un même élan gracieux vers sa majesté poudrée et parfumée. Comme dans un duo parfaitement réglé, les deux gestionnaires composent leur meilleur sourire. Ils s'immobilisent devant leur «ami», lui serrent chaleureusement la main. Le ministre de la vie leur sourit, les empoigne, les rassure. Et les deux grands de la classe prononcent d'une seule voix :

— Je dois partir. Je voulais simplement vous serrer la main…

— Je voulais simplement *te* serrer la main.

Le ministre leur sourit, glisse un mot de connivence.

Séduit par cet homme simple, je décide de tenter ma chance, moi aussi. Le ministre me connaît ; nous avons dîné à la même table, un soir. Je m'avance discrètement et me fige, dans un demi-sourire, face à lui. À sa gauche et à sa droite, le directeur du Théâtre et le directeur des Arts plastiques rivalisent de sous-entendus. Légèrement en recul, je lance un regard confiant, afin de rappeler au grand homme que nous nous connaissons, que nous avons déjà bavardé ensemble, *une fois*. Mais le ministre me considère, l'œil vide, sans se souvenir. Je tiens ma main vers lui, à demi tendue, puis je la replie maladroitement, l'enfonce dans ma poche et recule piteusement.

Les deux autres sont satisfaits car leur *cher ami* parle avec eux longuement, sérieusement, personnellement. Les connivences se traduisent en éclats de rire. Enfin, le ministre dit :

— Merci d'être venus.

Alors, ensemble, ils marquent une très légère inclination du buste, accompagnée d'un bref sourire. Puis ils s'envolent vers la sortie, vers la porte, vers l'escalier du ministère, leur auto, leur chauffeur, leur déjeuner de travail.

Tandis que les pauvres se nourrissent au buffet, le ministre m'abandonne au milieu du salon et va rapidement se changer pour le vernissage de l'après-midi.

(DANS LE TRAIN)

La scène se déroule en Lorraine, dans la plaine industrielle. Dix-huit heures, autorail Nancy-Saint-Dié. Le train traverse des usines, passe sous des faisceaux de tuyauterie, longe des silos de phosphates, des monticules artificiels, des bassins d'eau violette. Assis près de sa maman, un petit garçon parle tout seul sur la banquette d'un wagon de province.

Installée en face de moi, la jeune femme est blonde, vêtue d'un blue-jean fabriqué en Corée et d'un blouson acheté à l'hypermarché, un samedi, dans un élan de consommation un peu fou. Trente-cinq ans, mariée tôt, la peau blanche astiquée au savon, elle aurait pu être belle.

Le train dépasse la discothèque New Rêve, un bunker jaune de la banlieue de Lunéville. Les stores métalliques sont baissés, de même que ceux du bar Stan Flash, l'établissement voisin. Aux balcons des appartements à loyers modérés sont accrochés des séchoirs à linge, des antennes paraboliques dont les vasques blanches orientées vers le ciel captent les messages des satellites. Sur les trottoirs s'alignent des automobiles toutes semblables, de marques différentes. Suspendues au-dessus de la rue déserte, des banderoles multicolores annoncent une *Fête sur la ville*. Un groupe de Maghrébins traverse un parking, casquette de base-ball coiffée à l'envers. Ils vivent à Lunéville. Des gens s'aiment et meurent à Lunéville ; d'autres à Naples, à New York, à Séville. C'est ainsi. C'est injuste.

Dans le train, le petit garçon parle tout seul près de sa mère. La jeune femme lui dit de rester tranquille. De l'autre côté somnole son fils aîné, un peu adolescent, les joues roses, la voix grosse. Il ouvre un œil, n'a pas l'air content, pose une question. La femme répond sèchement :

— Tu vas pas acheter un bracelet à six heures du soir !

Le fils pousse un juron. Révolte adolescente. Le train s'arrête. Le train repart, ronfle dans la campagne. On longe des fabriques textiles désaffectées, des ruines de cheminées en brique rouge. La jeune femme blonde m'adresse un regard bienveillant. Elle est sympa. Je lui souris. Je souris au grand garçon qui finira comme son père. Je souris au petit qui continue à se raconter des histoires.

Le fils aîné se lève et demande «les cigarettes» à sa mère. Elle lui tend un paquet de Gauloises sans filtre. Il remonte l'allée centrale, s'enferme dans les toilettes puis ressort fumer son clope sur la plate-forme. Accroché à son dos, sur son blouson de cuir, un grand portrait multicolore du chanteur Renaud.

Dehors, la plaine ondule. Le train entre dans la montagne. Sur le quai, un employé de la SNCF hurle le nom d'une petite gare. Le train repart. Sur une autre banquette, quatre vieilles femmes parlent. Elles étaient allées à la pêche, un dimanche :

— On a grimpé presque trois quarts d'heure. La voiture était pleine d'eau. Vous parlez si je devais être verte ou rouge…

— Vous étiez bleue, répond la voisine.

— Y nous ont emmenées à l'hôpital, renchérit l'autre. On riait comme des tordues.

Ma voisine me regarde, complice.

Quand nous arriverons à Saint-Dié, nous irons faire les courses à l'hypermarché Cora. Il y aura beaucoup de monde au rayon charcuterie. Nous prendrons un ticket d'attente pour être servis à notre tour.

(VACHES ET DINDON)

La soixantaine, grande, maigre, souriante et ridée, Élisabeth se tient au volant, vêtue d'un imperméable chiffonné. Nous roulons sur le plateau normand, parmi les champs de blé et de maïs ; nous plongeons dans des routes secondaires entre les talus ; nous traversons des villages, longeons des églises, des châteaux ; nous descendons dans une crique et regardons la pluie tomber sur l'eau ; nous repartons. Élisabeth navigue d'un sujet à l'autre. Elle m'entretient de ses recherches. Soudain, à un automobiliste qui lui refuse la priorité :

— Je t'encule…

Nous entrons dans le parc, entouré de pins maritimes. Au fond se dresse une grande villa du XIXe siècle, ornée d'ailes, de terrasses, et d'innombrables petits toits d'ardoise. Le lierre court entre les fenêtres à croisillons. Nous entrons. Les pièces sont pleines de détails et de recoins : moulures, fresques, corniches, cheminées, lustres, tables peintes, fauteuils profonds, bibliothèques lourdes, livres poussiéreux de tous les pays et de toutes les époques, étalés sur le sol dans la perspective d'un tri qui dure depuis toujours et ne s'achèvera jamais.

Nous nous asseyons côte à côte devant le Pleyel du petit salon, moi à gauche, Élisabeth à droite, pour attaquer à quatre mains quelques morceaux favoris : *Berceuses* de Reynaldo Hahn, *Polonaises* de Schubert. Habitués à jouer ensemble, nous nous indiquons d'un signe bref si nous ferons la « reprise ». Élisabeth s'énerve parfois, pour une question de pédale pas assez enfoncée, une partie d'accompagnement trop forte. Je résiste. Il arrive qu'on se fâche, pendant une à deux minutes. À la page suivante, nous nous réconcilions, rapprochons nos mains dans les mêmes inflexions et chantons, pour conclure, cette jolie valse lente intitulée : *Notre amitié est invariable*.

Je monte faire la sieste dans la chambre rose, une mansarde couverte de papier peint fleuri. La fenêtre donne sur la Manche, encadrée par deux hautes falaises comme dans un tableau de Claude Monet. Je regarde le passage d'un voilier, la marche des nuages, les buissons rouges au-dessus des flots. On dirait que cette maison est plantée seule sur l'océan.

Je marche dans les champs, le long de la mer scintillante. Des clôtures bordent la falaise et, parfois, disparaissent dans le précipice. J'avance prudemment sur le sentier. Je me couche au-dessus du large parmi les fleurs sauvages, dans un recoin abrité du vent. Des goélands passent en criant ; quelques-uns sont nichés sur des promontoires. Cent mètres plus bas, la marée montante attaque les parois de craie et de silex. Le plateau s'écroule. Les agriculteurs reculent leurs clôtures vers l'intérieur, afin de protéger les troupeaux de vaches qui, sans cela, marcheraient calmement l'une derrière l'autre vers l'abîme, et plongeraient brutalement, à peine étonnées de s'écraser sur la grève où l'on retrouverait leurs cadavres, déchiquetés par l'eau salée.

Je m'approche des clôtures. Une, puis deux, puis dix têtes se dressent dans ma direction. Des nuages légers glissent entre le bleu de la mer et le bleu du ciel. Les vaches me regardent puis viennent se serrer derrière les barbelés. Elles se balancent doucement, appuyées l'une sur l'autre. Elles mâchent leur fourrage, l'une chiant, l'autre pissant, mais également curieuses et désireuses de m'interroger. «Meuh», dit l'une, de sa voix caverneuse, et je réponds «Meuh». Une autre prend la parole; balançant sa queue, elle se demande si je ne serais pas une vache, moi non plus. Je meugle plus fort. Au loin, un paysan me considère, l'air inquiet.

Devant une basse-cour, j'observe le dindon qui dresse un crâne chauve où pend son nez ridicule. La gorge gonflée de bulbes rouges, il avance en déployant sa parure pour me séduire, mais sa roue est déplumée. Il me garde en tremblant, tourne sur lui-même puis projette son cou et lance un cri d'amour. Autour de lui accourt une bande de poules blanches, grises et rousses, attirées par la situation. Elles se précipitent en gloussant, la tête agitée par des soubresauts. Téméraires, elles s'approchent de la clôture pour me regarder, la crête renversée sur le crâne. À mon premier geste, elles s'enfuient dans l'autre sens, jambes écartées, disgracieuses. Au loin, trois cous de pintades émergent dans l'herbe comme des serpents à lunettes.

Je regagne la maison d'Élisabeth au soleil couchant. La mer est rose. Nous bavardons dans la véranda. Nous suivons un débat télévisé. Un homme politique affirme que les jeunes sont sympas. Un jeune confirme que les nouvelles générations ont acquis le sens critique. Une vieille dame regrette la culture classique, mais admet qu'il y a beaucoup de bonnes choses à la télé. Le présentateur coupe la parole à tout le monde ; il semble content et regrette que ce débat soit déjà terminé. Je reprends un petit verre de liqueur. Des cageots pleins de pommes répandent dans la pièce un parfum agréable.

Demain, Élisabeth me reconduira à la gare. Nous roulerons dans la campagne. Avant d'arriver à Fécamp, nous nous arrêterons au garage qui jouxte le centre commercial. La station-service sera déserte. Élisabeth, qui s'y connaît, sortira de la voiture pour introduire sa carte de crédit dans une fente. Un peu fatiguée, elle décrochera le tuyau puis injectera le liquide elle-même. Elle tapotera encore quelques touches et nous repartirons vers la gare, dans le silence.

(GLAUQUE)

Paul est artiste, comme les autres. Il fabrique des objets étranges et peu commodes. Il a vingt-six ans, tient des discours sur la révolution cybernétique, le développement de l'esprit par les drogues, l'alliance de l'écologie et des technologies.

Il vit dans une chambre au sixième, avec W-C sur le palier. Un intérieur exigu mais sophistiqué : murs décorés de fragments de mosaïques, faux bois exotiques, faux marbres d'Italie, étagères néogothiques. Je suis arrivé vers neuf heures. Paul m'a fait asseoir sur une chaise compliquée, ornée de gargouilles moyenâgeuses. J'ai regardé par la fenêtre la vue plongeante sur un hôtel de ville de proche banlieue : jardins et jets d'eau, entre quartiers bourgeois et ghettos suburbains. Le dîner n'était pas prêt. Les autres invités sont venus plus tard. Les amis de Paul prétendent vivre sans horaires. Nous avons commencé le repas peu avant minuit, après de nombreuses cigarettes de haschisch.

Les amis de Paul — deux garçons et deux filles — sont tous vêtus de noir. Ils portent des blousons de cuir ornés de dessins archéo-futuristes. Tout en se nourrissant d'escalopes à la crème, ils évoquent autour de la table la dernière *rave party*, nuit de transe où ils se sont rendus hier soir. Des centaines de participants *glauques* ont dansé sur la techno toute la nuit dans un entrepôt *glauque*. Pendant la moitié du repas, ils revivent ce *délire* en ricanant, dans une lente conversation rythmée par le mot « glauque ». Sébastien parle plus fort que les autres ; il prédit une nouvelle ère sexuelle fondée sur les cocktails chimiques, les transes collectives, les multimédias érotiques. Il est gras, blond, féru de psychologie et adepte du sadomasochisme ; il touche volontiers son sexe, moulé sous son Levi's le long de sa cuisse. À chaque phrase, il reçoit l'approbation silencieuse de Slavie, sa femme, une petite brune rachitique dont les incisives supérieures ressortent

28

comme des dents de lapin. Un piercing dans le nez, un autre dans la lèvre, elle se comporte en esclave et aboie comme un chiot lorsque Sébastien avale goulûment le contenu de son assiette, sans l'autoriser à rien manger. C'est un jeu sexuel de domination.

Le vin coule. Sébastien affirme :

— Quand tu fais du sport, tu augmentes tes performances érotiques.

Il parle de *house*, de baise, de science-fiction, de psychotropes, de sorcellerie. Les autres comprennent. La femme esclave à dents de lapin, qui n'a rien ingurgité depuis le début du repas, va s'enfermer dans la cuisine d'où elle ressort la bouche pleine. Et soudain elle prend la parole. Elle trouve cette soirée *super-glauque*, la vie *super-glauque*. Les autres approuvent. Paul montre les derniers tableaux glauques qu'il a peints, la semaine passée ; puis il fait écouter le dernier morceau de guitare glauque qu'il a enregistré dans un studio d'amateurs.

Slavie est soudain autorisée à se servir d'escalopes. Son petit corps maigre, tabassé par les coups de poing, avale d'énormes quantités de pâtes et de viande, tandis que son maître parle de Dieu et du Diable. Slavie a une grosse bouche. Telle une petite fille, elle veut faire son intéressante, lance des phrases. À la commissure de ses lèvres coule un mince filet de crème. Elle répète sans fin les mots agréés par leur secte : *louche, sordide, rave, ecstasy, transcore, dealer, lourd*. Et Sébastien l'approuve, rebondit, évoque un *DJ*, une *soirée Iguane*, une *envolée housienne* puis le quotidien glauque : *Lexomil, descente, bains chauds…*

Je rejoins Paul dans la cuisine. Nos familles habitaient la même rue. Il avait quinze ans, voulait devenir artiste. Il était beau, inattendu, prometteur. Ses parents le destinaient à une école de commerce ; Paul se fâcha, opta pour la peinture. Ses parents sont désormais ses seuls clients. Il me tend le joint puis se lance, en rigolant, dans d'urgentes confidences sexuelles liées à notre lointaine intimité. Tout en ouvrant la boîte de salade de fruits, il avoue son inclination pour les partouzes.

— Le cul, ça t'emmène loin !, répète-t-il.

Je lui rends la cigarette de canabis, laisse ce grand basané se confier à demi-mot. Par un sourire entendu, je lui donne l'impression de comprendre, de partager sa foi. Paul croit avoir touché juste. En confiance, il avale une rasade de coca, quelques comprimés de vitamines (Paul est adepte de la nutrition par pilules), puis, tout saoulé de modernité glauque et de sexe salvateur, il répète, songeur :

— Le cul, c'est le pied !

(PORTRAIT)

J'ai trente ans.

Mon corps est anodin. Ma manière de me vêtir, ordinaire, dénote un certain manque de goût dans l'assortiment des formes et des couleurs. On ne me remarque guère. Je ne dis pas grand-chose, ou alors des banalités sur le temps qu'il fait. J'existe pour autant que les autres existent. J'observe mes voisins, m'efforce de leur ressembler. J'approuve ceux qui parlent d'un hochement de tête bienveillant. Je défends *leurs* idées avec *leurs* arguments. Je les amuse avec *leurs* bons mots. Je comprends difficilement les astuces et je prie qu'on me les explique ; puis je ris franchement pour montrer que j'ai bien compris.

Je connais ce qu'il faut pour être au courant : les débats d'actualité, les efforts de la diplomatie au Proche-Orient. Certains soirs, lorsque j'ai bu, j'élève la voix, je me passionne. Dans une soudaine inspiration, j'émets quelques idées, quelques paradoxes... Mais rien d'essentiel ne sort jamais de ma bouche. Foncièrement indécis, influençable, insincère, je peux changer d'avis pour plaire au premier venu. Je ne suis pas certain que notre monde soit meilleur ou pire. Je me soucie peu qu'il y ait une vie après la mort. Je m'engouffre dans une direction au hasard, puis je repars, au carrefour suivant, en sens inverse. Je me laisse manipuler, violenter, bercer par le temps qui coule.

D'aucuns prétendent que je me cache, contenant à grand renfort de barrages et d'écluses le torrent de pulsions qui se bousculent en moi, les déferlements de mots, les symptômes d'amour et de haine, les charrois d'injures, les soupirs d'extase et de volupté. Quelques amis me prêtent une humanité profonde.

Ils discernent sous mon silence de grandes douleurs, de profonds secrets. Ils affirment : « C'est un sentimental qui s'ignore ! »

Il me semble parfois que, malgré mes efforts, je n'existe pas encore en tant qu'individu, maître de son destin. Mes crises d'adolescence ont fait place au grand vide de l'âge adulte. Mon corps, mon cerveau montrent chaque jour leurs limites. Je me contente de bonheurs simples. J'aime me promener, marcher dans la campagne. Rire, boire et manger en bonne compagnie. Chanter, pleurer au son d'une musique exquise. J'aime les caresses légères et l'amour sans passion.

Je suis peut-être chargé de certaines missions, mais j'ignore lesquelles et pour le compte de qui. Je me balade, je butine, je m'étonne. J'essaie de comprendre, puis j'abandonne. Curieux de tout, fasciné par le monde, je m'instruis. Je songe à conquérir ma petite importance. Je m'accroche un instant, puis je décampe au premier danger. Je suis un papillon, d'une espèce bizarre, volant légèrement de travers, au gré du vent.

2

Dans la sanisette

À l'embranchement du boulevard Montmartre et du boulevard des Italiens, François tourna nerveusement la tête. Trente-cinq ans, costume sport, cravate, il se dirigeait, ce matin-là, vers un rendez-vous professionnel important. Dans quinze minutes exactement, il allait discuter une affaire de 300 kF requérant toutes ses capacités intellectuelles. Or, sortant du métro, il venait d'être saisi par un urgent besoin. Les questions s'entremêlaient : Quelle stratégie adopter ? Comment se soulager ? Emprunter les toilettes de son interlocuteur avant d'engager les pourparlers ? Trop de précipitation vers le « petit coin » le placerait en position de faiblesse. Supporter pendant la négociation ce tiraillement intérieur serait pis encore, déconcentrant, négatif. Il fallait agir.

Il aurait pu s'épancher contre un arbre, à un angle de rues discret ; mais trop de pudeur lui interdisait un tel procédé. Entrer dans la brasserie voisine pour utiliser clandestinement les toilettes ? L'établissement, pour l'heure, était presque désert et la tentative risquait de lui attirer d'humiliantes remarques : « Hep ! Il faut consommer pour utiliser les toilettes ! » Soudain, François aperçut dans la lumière hivernale, de l'autre côté du carrefour, une sorte de blockhaus ovoïde de couleur brunâtre, appartenant à cette nouvelle génération de pissotières qui, depuis les années quatre-vingt, jonchent les trottoirs parisiens. Connu sous l'appellation de *Sanisette J.-C. Decaux* (du nom de son fabricant), l'édifice portait une enseigne lumineuse. Un dessin de chaise roulante indiquait que l'endroit était accessible aux handicapés ; mais pas exclusivement. Rassuré, le jeune cadre franchit rapidement le carrefour, rendant grâce à J.-C. Decaux, roi du *mobilier urbain*, champion de l'*affichage lumineux*… Encouragé par la municipalité parisienne, cet entrepreneur inspiré avait fait construire, sur le chemin de 300 kF, un salutaire lieu d'aisance ! Tout en traversant le boulevard, François palpait au fond de sa poche les pièces de monnaie qui lui ouvriraient bientôt la porte de l'ultramoderne pissotière automatique.

La sanisette était plantée sous les arbres, entre deux rangées d'immeubles en pierre de taille. Ce bloc de matière inerte, au milieu du trottoir, évoquait une météorite tombée dans Paris ou, peut-être, un transformateur industriel. Sa texture granuleuse rappelait celle du béton. Les parois, striées comme des gaufres, dégageaient à distance une odeur piquante, due à des utilisateurs malsains (ou à leurs chiens) qui avaient uriné sur les murs extérieurs de la sanisette, souillée de traînées humides. Cette rotonde s'accordait assez harmonieusement, cependant, avec l'incessant trafic de petites voitures modernes qui circulaient bruyamment de tous côtés. Leur harmonie fonctionnelle s'imposait au sol, tandis qu'aux étages élevés perdurait, entre les arbres et le ciel, un vieil arrangement compliqué de balcons, corniches, toits de zinc et d'ardoise.

Une plaque jaune, scellée à l'arrière de la sanisette, figurait un éclair, signalant le danger d'une machinerie électrique. De l'autre côté, sur la porte d'entrée, un autocollant publicitaire recouvert de drapeaux de tous les pays invitait le consommateur à rejoindre une nouvelle famille :

Sanisette Decaux
Plus de cent millions d'utilisateurs dans le monde

L'ouverture des toilettes — un panneau d'aluminium coulissant sur une glissière — était commandée par un récipient à monnaie dont la couleur verte indiquait présentement que la sanisette se trouvait *libre*. François glissa deux pièces d'un franc (le tarif fixé par J.-C. Decaux pour offrir aux citoyens les ressources de l'hygiène moderne automatisée). La première glissa facilement, mais la seconde retomba dans la trappe destinée au remboursement. François essaya encore. Rien à faire. La porte demeurait bloquée, refusant de s'ouvrir à son urgent besoin. Faute de monnaie, il réintroduisit plusieurs fois la même pièce qui, systématiquement, retombait puis soudain ne retomba plus. Mais la porte resta fermée.

L'heure du rendez-vous approchait ; l'envie devenait intolérable. Trompé par cette machine à perdre son temps, François passait sans mesure de la gratitude pro-Decaux à une bouffée de haine anti-J.-C. Decaux, puis à une révolte plus générale : une soudaine remise en question de la porte automatique, du distributeur automatique, de la vie automatique… Combien de codes, de cartes à puce et de petite monnaie fallait-il entasser dans ses poches pour ne pas être conduit à la clochardisation ? Voilà pourquoi certains passants, découragés par les robots, finissaient par uriner sur les murs de la sanisette.

Simultanément une volonté d'être positif opposait sa voix, en soulignant :

1º) La bonne volonté de l'administration parisienne dans l'édification de nombreuses pissotières, quand on erre si souvent dans les rues d'autres capitales, à la recherche de pareils refuges.

2º) L'avantage de la sanisette hygiénique et moderne, à laquelle il serait *bien pervers* de préférer la mare sordide des antiques lieux d'aisance.

3º) Le souvenir des monstrueuses dames pipi d'autrefois, auxquelles il fallait également payer son dû… mais contre lesquelles, du moins, on avait le plaisir d'exercer sa méchanceté, tandis qu'à présent, l'utilisateur ne pouvait déverser sa bile que sur une porte automatique! Il lança un coup de pied rageur dans la sanisette. Comme une passante l'observait, inquiète, François l'interpella, espérant s'en faire une alliée :

— Mes pièces ne passent pas. C'est agaçant… Auriez-vous un peu de monnaie?

Le fait de mendier devant cet édifice, en avouant son désir frustré d'entrer, manquait de dignité. Le pouvoir exercé par la pissotière Decaux émut toutefois la dame qui, soit par solidarité, soit par compassion, fouilla dans son porte-monnaie et tendit une pièce de deux francs.

Son aide fut inutile car, au même moment, ils entendirent derrière eux un déclic. Les deux têtes se retournèrent vers la porte qui s'ouvrait toute seule, coulissant vers la gauche, dévoilant l'intérieur de la sanisette où trônait, au centre, la cuvette hygiénique. Au moment choisi par son mécanisme, Decaux invitait son client à entrer… Avant de franchir le sas, François remercia la femme et lui rendit sa pièce. Elle lui souhaita bonne chance puis s'éloigna, tandis qu'il gravissait la marche, enfonçait un pied puis l'autre au cœur du module de survie. Enfin, il se retourna et fit glisser la porte qui se verrouilla automatiquement, coupant tout contact avec le monde extérieur.

L'habitacle baignait dans une lumière jaunâtre. Il faisait bon. Dissimulé dans la paroi, un haut-parleur diffusait une musique d'ambiance, rappelant les fonds sonores d'aéroports avec leurs batteries molles, leurs saxos suaves. Cette ballade relaxante semblait insinuer à l'oreille du client : «Maintenant, détendez-vous…»

La sanisette J.-C. Decaux — faut-il le rappeler ? — s'est imposée à la société comme un instrument de la propreté. Elle devait effacer des grandes villes toute trace de déjection en offrant à l'homme moderne un système hygiénique automatisé, compatible avec l'exploitation du marché : «J'innove. Je construis une sanisette propre, efficace ; je débarrasse l'administration municipale de cette tâche ingrate et je touche les dividendes», proposait Decaux. Un homme, une entreprise instauraient ainsi dans les toilettes publiques — lieu des activités les plus exécrables — un échange précis monnaie/machine/utilisateur ; une ère de pureté sans précédent, excluant toute transmission microbienne. Nul liquide, nul solide, nul volatil ne devait résister au système d'*autonettoyage* de la sanisette ; pas la moindre bactérie n'y survivrait.

Travaillant à ce projet révolutionnaire, les ingénieurs Decaux mirent au point le fonctionnement robotisé de leurs lieux d'aisance : dès que l'utilisateur a quitté l'endroit, la porte automatique se referme derrière lui ; puis les éléments composant l'intérieur de la sanisette — en particulier la cuvette des W-C — basculent sur eux-mêmes, entrent dans une danse folle et subissent, sous tous les angles, des jets de détergents, avant de reprendre leur position initiale : une cuvette impeccable sous l'éclairage des tubes lumineux ; une capsule spatiale prête à accomplir son périple hygiénique.

Mais, comme la réalité tranche parfois sur le rêve, ce concept sanitaire — présent à l'esprit de François — s'opposait sous ses yeux à la sanisette visible : dégradée, et même dégueulasse. Après quelque temps d'utilisation, l'intérieur Decaux, délaissant son idéal aseptisé, s'était affreusement corrompu. La matière plastique de la cuvette à bascule s'érodait sous l'action répétée des détergents. Les vernis rongés, les angles inégaux servaient d'abris à d'infimes salissures. Les automatismes s'étaient déréglés jusqu'à l'incohérence ; les jets d'eau désorientés aspergeaient les murs ; la paroi, à hauteur des épaules, semblait bombardée par des projectiles de papier-toilette imbibés d'eau de Javel dont les fragments éclatés composaient une galaxie rose. Sur le sol pisseux se décomposaient toutes sortes de détritus hachés en morceaux : serviettes hygiéniques, capotes usagées, vieilles seringues... Seule la musique d'ambiance assurait à cet intérieur la pureté immuable du *non-temps*, tandis que chacun des autres éléments était entré dans un cycle accéléré de délabrement qui justifierait bientôt le lancement sur le marché de sanisettes plus modernes, perfectionnées, contribuant au changement, à l'essor de l'entreprise Decaux, au financement des partis et à la lutte contre le chômage.

Ayant inspecté les lieux avec un haut-le-cœur, François déboutonna sa braguette. Il posa soigneusement ses deux pieds devant la cuvette, à l'emplacement prévu : une surface de métal strié adaptée à la forme des semelles, pour ne pas déraper dans la flaque d'urine. Le poids exercé par l'utilisateur à cet endroit de la sanisette assurait, d'autre part (François l'avait entendu lors d'une conversation), l'équilibre du mécanisme interne. Le jeune cadre se remémora un horrible fait divers : quelques années plus tôt, alors que cette nouvelle espèce de toilettes publiques venait d'apparaître, un garçonnet de huit ans était broyé vivant à l'intérieur d'une sanisette, parce que son corps n'exerçait pas le poids suffisant au bon endroit. *Se croyant vide*, la machine avait déclenché brutalement les opérations de nettoyage ; la cuvette des W-C s'était retournée, entraînant avec elle le malheureux gamin coincé, étouffé, noyé sous le flot de détergents.

Depuis, les ingénieurs Decaux prétendaient avoir vaincu les imperfections du mécanisme. Les portes de sanisettes portaient, en outre, une mention interdisant l'accès aux enfants non accompagnés… François considérait néanmoins avec suspicion les différents éléments mobiles, dont les ressorts articulés semblaient prêts à s'animer quand bon leur semblerait. Il appuya fortement sur ses pieds, tout en libérant un jet trop longtemps contenu.

Moment de béatitude. Les yeux fermés, l'esprit flottant loin du monde, François découvrait, dans cette étuve, une forme nouvelle de poésie. Voguant dans la navette, bercé par la musique douce, il s'épanchait seul, totalement seul, protégé des regards. Il jouissait pleinement de cet espace loué, payé, telle une propriété de plein droit, jusqu'à l'exécution de son besoin («durée d'utilisation limitée à un quart d'heure», précisait un écriteau accroché sur le côté). Il songeait à la belle affaire qu'il signerait dans moins d'une heure, puis aux huit jours de vacances qui suivraient : une randonnée dans l'Atlas en 4 × 4. Il chantonnait avec la mélopée sirupeuse des saxos, tout en écoutant s'écouler le flot torrentiel, vif comme une cascade, plongeant dans les profondeurs des toilettes pour se mêler au chlore purificateur.

Les grandes eaux se tarirent. Tout en refermant ses boutons de braguette, François considéra au-dessus de la cuvette, à hauteur de sa poitrine, les trois cases offertes à l'utilisateur : celle de gauche portait la mention : «Papier hygiénique»; il n'en avait aucun besoin et, d'ailleurs, elle était vide; celle de droite indiquait : «Corbeille hygiénique»; mais ce mot «hygiénique» donnant sur le battant d'une poubelle suintante, lui fit un effet désagréable. La troisième case, au centre, était un trou plus volumineux nommé : «Lave-mains, séchage intégré. Ne pas boire». François n'osa enfoncer ses poignets dans cette grotte, entre papier hygiénique et corbeille hygiénique. Il n'avait aucune confiance dans la source qui s'y écoulait et redoutait de voir ses doigts happés par un piège. Il préféra les porter vers la poignée de la porte automatique afin de commander l'ouverture de la sanisette.

La porte ne s'ouvrit pas.

François appuya plus fort. En vain. Sans doute s'y prenait-il mal. Il était peu habile et, peut-être cette histoire d'enfant broyé, rampant dans son inconscient, rendait-elle ses gestes maladroits. Il sourit de sa poltronnerie. Mais la porte ne s'ouvrait toujours pas. Le saxo planait ; les éléments mobiles de la sanisette semblaient calmes. François reprit son souffle pour maîtriser un affolement ridicule. Respirant un grand coup, il posa encore une fois la main sur la porte et l'actionna d'un geste posé. Rien. Elle demeurait bloquée et l'utilisateur s'impatienta cette fois, triturant la manette, au risque de la dérégler. Que signifiait ce mauvais gag ? Le rendez-vous ne pouvait plus attendre. Une goutte de sueur perla sur le front du businessman. Cette situation était absurde. L'autonettoyage risquait de démarrer à tout instant. Angoissé, François retourna appuyer fortement ses deux pieds sur les semelles de métal, afin que la sanisette ne l'oublie pas. Puis il étudia l'espace et songea qu'en cas de coup dur, il pourrait se serrer sur la partie non mobile du sol où il subirait, au pis, quelques jets d'eau brûlante javellisée. Mais la simple idée d'attendre ici de longues minutes, voire davantage, devenait intolérable. Crier ? Taper ?

François maudissait ce J.-C. Decaux et ceux qui lui permettaient de sévir : le droit qu'ils s'arrogent d'enlaidir Paris et de faire leur beurre de nos vies, quand l'administration municipale devrait se contenter d'entretenir son patrimoine de pissotières, en les renouvelant avec soin, orgueil et désintéressement. Où étaient passés les urinoirs d'antan, disposés dans la cité comme autant de bijoux ouvragés, alliant l'élégance aux usages les plus concrets : kiosques de fer forgé, pavillons ornés de toits japonais, refuges de chasse harmonisés avec les parcs, boulevards et jardins, enduits d'une peinture sombre et inaltérable ? Où était passé le Paris léger, où l'on ne concevait pas un « Rambuteau » sans style ? À l'issue de quelle décadence osait-on, cent ans plus tard, meubler la cité d'objets misérables, pas même fonctionnels, donnant de la « Ville lumière » cette image d'absence de goût, de laideur périssable, d'improbable prouesse technique ? Comment — et par quelles sombres magouilles — les hommes chargés de la gestion de nos existences pouvaient-ils planter sur les grands boulevards — sans que nul ne semble s'en apercevoir — ces machins grotesques inutilisables ?

Soudain, dans un accès de fureur, François se releva, se précipita sur la porte ; il saisit la poignée de métal, tenta de l'agiter en tous sens ; puis, comme ses gestes demeuraient vains, il poussa un cri en lançant un violent coup de pied dans le panneau coulissant. Mais il avait quitté la surface antidérapante, sa jambe glissa et il s'affala sur le sol humide où l'aiguille d'une seringue s'enfonça dans son pantalon, ratant de peu sa cuisse dans une tentative pour inoculer un virus mortel. À bout, François sentit un sanglot dans sa gorge. La cheville tordue, il se releva difficilement pour s'asseoir à nouveau sur la cuvette en gémissant : «Mes 300 kF! Ma randonnée au Sahara!» Au-dessus, le haut-parleur diffusait en boucle sa mélodie d'aéroport.

Le système de nettoyage demeurait, par chance, immobile. Prostré sur la cuvette, François se sentit gagné par une vague de fatigue et il attendait les sauveteurs ou la mort, quand il entendit un déclic. À l'instant voulu par elle, la porte commença à glisser lentement. Paris, enfin, Paris allait apparaître. François, sauvé, se précipitait déjà vers son vieux boulevard...

Mais non.

Paris n'était pas là. Derrière la porte automatique grande ouverte, François n'aperçut d'abord qu'un profond brouillard dans la pénombre du jour tombant. Comme si, réellement, il revenait d'un voyage en capsule spatiale ; comme s'il sortait d'une machine à remonter le temps ; comme s'il venait d'atterrir au milieu d'un nuage de fumée, dans un paysage inconnu, le Paris qu'il avait quitté tout à l'heure n'était plus là. Comme si, peut-être, une bombe nucléaire eût explosé sur la ville et que la sanisette Decaux eût miraculeusement protégé son occupant de l'onde de choc, la cité avait disparu sous un air trouble, une pénombre brumeuse et crépusculaire.

Stupéfait par cette mutation, François demeurait inerte sur la fosse d'aisance. Son regard s'habituait à l'obscurité ; le trouble se dissipa peu à peu et il distingua enfin quelques lueurs puis des formes plus nettes. D'abord, avec un bref soulagement, il reconnut dans le noir la ligne du boulevard haussmannien où il marchait tout à l'heure. Un instant, il se crut sauvé ; mais avec une inquiétude redoublée, il constata que ce boulevard avait subi, en quelques minutes, une mutation profonde, *un nettoyage complet.*

Le brouillard s'estompa encore.

De part et d'autre de la chaussée, sous les façades d'immeubles en pierre sculptée, s'alignaient, en quantité affolante, des variétés infinies de sanisettes. Non pas seulement des toilettes comme celle où il s'abritait, hébété ; mais une gamme complète de lieux d'aisance, dessinés par des stylistes et des designers de talent. Sur le trottoir de droite, devant les

vitrines de magasins déserts, des dizaines de sanisettes futuristes (cubiques, pyramidales, ovoïdes…)
alternaient avec des sanisettes gadgets (trompe-
l'œil, fruits, voitures…). Sur le trottoir de gauche
s'étendait, sous les marronniers, une longue allée de
sanisettes rétro. Devançant les protestations esthé-
tiques de François, les ingénieurs Decaux avaient
conçu une superbe collection de pissotières « vieux-
Paris », nichées dans de fausses colonnes Morris,
dans des kiosques à journaux, à l'intérieur de simili-
théâtres de Guignol ; et même quelques copies
d'urinoirs 1900, dotées des dernières techniques de
désinfection.

Tous ces petits bâtiments étaient surmontés
d'enseignes qui invitaient les passants à se soulager.
Certaines représentaient des silhouettes d'enfants,
d'autres des silhouettes de vieillards appuyés sur
une canne. Coiffant des sanisettes plus volumi-
neuses, quelques logos figuraient des chaises rou-
lantes, des ventres d'obèses et de femmes enceintes.
Des cabines spécialisées proposaient leur gamme de
services aux gays, aux lesbiennes, aux motards, aux
chasseurs, aux prêtres intégristes, aux skinheads,
aux islamistes, aux pentecôtistes… Tous ces symboles clignotaient dans la brume, chacun des lieux
d'aisance offrant à telle catégorie sociale les avantages liés à ses besoins particuliers.

Ce n'était pas tout.

Entre les sanisettes se dressaient des panneaux
plus élevés, sur lesquels défilaient des textes d'infor-

mation, des annonces publicitaires. Des chapelets
de phrases lumineuses, commandées électronique-
ment, égrenaient mille informations pratiques sur
la ville embrumée : adresses de dispensaires, télé-
phones de services d'urgence, degré de pollution du
jour, annonces d'expositions, de concerts, informations sur le trafic, histoire drôle de la semaine…
Paris demeurait flou, silencieux, mais les panneaux
traçaient un grand fil de lumière au-dessus du sol,
entre les bureaux et les appartements vides ; un
espace virtuel, suspendu dans les airs, grouillait
de mots, de données, de conseils, d'incitations. Et
sur chacun des panneaux, une inscription plus
haute que les autres mentionnait :

Decaux, un milliard
d'utilisateurs dans le monde

François ne se sentait plus ni gai ni triste mais
égaré dans un rêve, ni bon ni mauvais ; un rêve
immensément calme, bouleversant de simplicité.
Quelques larmes coulaient doucement sur ses joues.
Devait-il refermer la porte, tenter de rentrer chez
lui ? Ou s'avancer plus loin dans ce paysage ?

Avant qu'il ne parvienne à se décider, une forme
humaine apparut dans la brume. François sursauta
sur la cuvette. La ville baignait dans un silence total,
tandis que derrière lui grésillait toujours la mélodie sirupeuse du saxophone. La silhouette semblait
avancer vers la sanisette ; elle se précisait peu à peu

et François, tremblant, finit par distinguer un homme en costume, marchant calmement parmi les pissotières sous les panneaux lumineux. Ce messager apportait-il une explication ? Toujours juché sur son trône, le jeune cadre observait, éberlué. Il frissonnait de tout son corps, mais les pas lents et réguliers de cet individu avaient quelque chose de réconfortant. À une cinquantaine de mètres de la sanisette, François identifia nettement un personnage d'une cinquantaine d'années, légèrement dégarni, arborant une superbe cravate en soie. Il avançait encore, attaché-case en main, et ce détail rassura François, persuadé qu'il s'agissait d'un dépanneur. Instinctivement, il se redressa pour arranger ses vêtements. L'homme fit encore quelques pas, la main serrée sur son porte-documents. Il s'immobilisa dans l'ouverture de la sanisette. Il était très calme, très beau. Il dit :

— Je suis Jean-Claude Decaux. Pourquoi avez-vous douté de moi ?

La voix était suave. Tandis que François reniflait, bredouillait des excuses et tâchait de sécher ses larmes, l'homme tendit fraternellement la main et l'entraîna avec lui, dans le brouillard.

3

La plage du Havre

Les fossés qu'on creusait, autour des châteaux de sable, s'emplissaient aussitôt d'une eau jaunâtre. Un liquide mousseux suintait des murailles de nos forteresses qui s'affaissaient lentement dans le sol boueux. Le sable d'ici n'était pas une poudre dorée mais un limon graisseux, comme une pâte imbibée de fuel. Sur l'immense plaine de vase où riaient les enfants, des vagues étalaient, heure après heure, leur sélection d'hydrocarbures. Les navires pétroliers dégazaient au loin dans la baie de Seine. Nous grandissions dans l'optimisme de la croissance. L'eau de mer où nous pataugions, en ces «années soixante», semblait destinée à rincer les cuves des supertankers autant qu'à recueillir nos corps de baigneurs.

À quelques kilomètres de la plage du Havre, les usines de la «zone industrielle» — dont on apercevait les cheminées à l'horizon — raffinaient jour et nuit l'essence, le benzène et d'innombrables dérivés chimiques et plastiques. Au milieu des prairies s'étendaient des hectares de réservoirs cylindriques, des réseaux de tuyaux multicolores d'où jaillissaient des flammèches rouges ornées de panaches noirs. Les troupeaux de vaches normandes paissaient autour du complexe industriel pétrochimique, puante machine à fumée dont les excréments — eaux de refroidissement, boues toxiques — étaient vomis dans l'estuaire du fleuve par d'énormes conduits ; ils coloraient les algues, empoisonnaient le poisson, coulaient lentement entre deux eaux puis s'étalaient, à leur tour, sur le sable luisant et visqueux du Havre.

À nos jeux d'enfants participaient également les eaux usées d'un quartier voisin. Au milieu de la plage, elles sourdaient du sol par une bouche d'égout. Jaillies de cette caverne, elles poursuivaient leur cours à l'air libre, dans un ruisseau pavé qui glissait parmi les baigneurs. Un liquide poisseux charriait jusqu'au rivage le trop-plein des caniveaux et les rejets de l'activité ménagère. Découvert à marée basse, cet antique système d'assainissement disparaissait sous la mer à marée haute. On en reconnaissait le cours d'après le groupe de mouettes qui tournaient au-dessus du sillage noir. Une partie des déchets revenait avec les vagues vers la plage, mêlée aux eaux de lavage des pétroliers et aux boues de la zone industrielle, pour composer la poésie particulière de l'endroit.

D'autres substances arrivaient par des voies plus mystérieuses. Un jour, alors que j'accomplissais mon vingt-cinq mètres nage libre, je heurtai une masse de viande rose avariée qui flottait entre deux eaux. Je la repoussai d'une main, sans bien comprendre de quoi il s'agissait. De retour sur le rivage, j'entendis le maître nageur expliquer qu'un cadavre de cochon dérivait dans la mer.

La plage du Havre est une plage immense qui fait la joie des parents et des enfants. Beaucoup d'habitants pensent que leur ville n'est pas belle ; du moins ont-ils l'avantage de la mer et la jouissance de ce littoral plein sud où, de juin à septembre, l'existence prend des contours délicieux.

Les familles sont assises sur le monticule de galets brûlants qui domine la grande étendue de vase et de détergents. Disposés sur toute la largeur de la baie — des digues du port aux falaises du cap de la Hève —, des milliers de corps rougissent au soleil, répartis par strates sociales. Près de la digue, sous les tours de la ville moderne, se massent les ouvriers des cités. Au milieu de la plage, à l'ombre des grandes villas « 1900 » du boulevard maritime, s'agglutine un mélange de bourgeois, de commerçants, d'employés, de cadres… Plus à l'ouest, sous le coteau verdoyant qui grimpe vers les falaises, se regroupe la riche population de Sainte-Adresse, que ses habitants surnomment parfois « le Neuilly du Havre ».

Accompagné de ma mère et de ma petite sœur,

je fis mes débuts sur cette plage au cours des années soixante, à égale distance des deux extrémités, dans une aire mal déterminée où se mêlaient divers fragments de la bourgeoisie et du prolétariat. Bien qu'issue d'une famille de notables, ma mère — comme ses amies, nées dans le même milieu — adhérait à un projet de *simplicité*. Leur groupe désirait se mêler à d'autres groupes et vivre *simplement*. Elles méprisaient l'onéreuse plage privée des « régates » de Sainte-Adresse, où s'ébattaient des tribus de blondinets arrogants. Assez loin d'eux, nous avions constitué une colonie social-chrétienne, entre les marchands de frites et les familles jouant au basket.

Nous rougissions sur les galets brûlants. L'époque exigeait un bronzage intense et je m'efforçais, comme les autres, de prendre un teint hâlé. Après quelques jours de plage, ma peau blanche de rouquin devenait écarlate. Mais les coups de soleil passaient pour une étape normale du bronzage ; ces plaques douloureuses annonçaient ma prochaine réincarnation en enfant basané. J'endurais fièrement les douleurs, ces nuits où la chair devenait tellement douloureuse que je me figeais comme une momie, en attendant le matin. Après cette épreuve, ma peau tombait en lambeaux pour laisser apparaître enfin une couleur nouvelle — non pas bronzée mais légèrement roussie — et j'éprouvais un sentiment victorieux, comme si le petit Normand s'était mué en Méditerranéen triomphant.

Nous rôtissions au-dessus de l'eau verdâtre, dans une nuée de cris, de jeux collectifs. À l'infini, des compositions humaines s'étalaient sur les galets, selon des combinaisons variées : retraités avec chapeaux sous des parasols; couples avec glacières, couples avec chiens; jeunes femmes fumant des cigarettes; familles nombreuses agglutinées, tels des chiots autour de leur mère; postes radio, romans de l'été... Fouillant sous les galets, nous trouvions parfois un ossement desséché, un morceau de verre coloré poli par la mer comme une pierre précieuse. Mais, plus souvent, les doigts se collaient sur une pellicule d'huile noire entre deux cailloux; il fallait essuyer sur d'autres galets nos mains pleines de «cambouis». Plus bas, une grosse dame arpentait les flots d'un pas résigné, immergée jusqu'aux genoux, afin de soigner des problèmes de circulation.

Dans la rade passait un grand bateau poussé par les remorqueurs qu'on appelait, ici, les *abeilles*. La sirène lançait un cri retentissant. Un pétrolier faisait son entrée majestueuse en Europe. Il pénétrait entre les deux bras de la digue puis s'enfonçait dans le port, près des réservoirs de gaz. Le mât du navire glissait encore entre les immeubles de la ville, avant de disparaître tout à fait. Ma mère nous passait sur le dos un doigt de crème à bronzer.

Dessiné par l'architecte Auguste Perret, après les bombardements de 1944, le centre du Havre forme un plan géométrique dont les avenues en béton armé se croisent à angles droits. Perret, qui déplorait « trop de désordre » dans l'urbanisme new-yorkais, rêvait d'une cité parfaite, d'une modernité pure, ordonnée, rationalisée. Le Havre, sa grande œuvre, passe pour une monstruosité de l'urbanisme d'après-guerre. Pourtant, certains jours de soleil, les vastes places aérées par les bassins du port, les boulevards bordés de tours, de cubes et de parallélépipèdes, les halls d'immeubles à colonnades de béton, les frontons décorés par Raoul Dufy adoptent une majesté classique. Le haut clocher gris de l'église Saint-Joseph évoque un gratte-ciel d'autrefois. Lorsque cette tour s'éleva, en 1949, Le Havre était encore un port transatlantique, principale tête de pont entre la France et l'Amérique. Les voyageurs des paquebots apercevaient ce clocher depuis la mer, tel un écho de Manhattan. Cinquante ans plus tard, la route des voyageurs ne passe plus par l'océan ; les paquebots ont disparu ; la tour se dresse toujours ; les symboles du Havre n'ont plus de sens.

Le damier de constructions en béton conçu par Auguste Perret s'interrompt brutalement face au rivage. Derrière les tours de la « Porte Océane » s'achève l'Europe et commence la plage du Havre : une immense étendue de galets, bordée par le boulevard maritime ; plusieurs hectares de caillasse grise entre la ville et la mer. Non pas de petits galets ronds, comme on en trouve sur les plages avoisinantes du pays de Caux, mais des galets difformes, énormes, crochus, coupants, qui écorchent les pieds ; des galets de mer mais aussi des morceaux de fer, des galets de brique, de tuile, de verre.

En septembre 1944, les avions alliés déversèrent des milliers de tonnes de bombes sur Le Havre, occupé par les Allemands. En quelques jours, la ville devint un immense champ de ruines, aussi méthodiquement nettoyée que Dresde ou Hiroshima. Aucune construction ne résista aux explosions ni aux flammes, sauf quelques pans de murs déchiquetés, calcinés, émergeant d'un monceau de pierres et de cadavres. Lors de la reconstruction, une partie des ruines fut rejetée vers le rivage par une armée de bulldozers ; puis la mer, par le jeu des marées, commença à polir, arrondir, rouiller, modeler ces gravats de l'ancien Havre qui constituent, aujourd'hui, l'une des substances de la plage. Les milliers de Havrais qui bronzent ici, chaque été, trônent, sans y penser, sur les restes de leurs ancêtres, réduits de jour en jour à des galets moins crochus, moins difformes, plus ronds.

L'hiver, parfois, je retourne au Havre, marcher sur cette surface grise. Luttant contre le vent, je foule les résidus des siècles passés, imbibés d'huile de frites de l'été dernier. J'arpente cette étendue désertique en bordure de la ville où l'on entend, d'un côté les automobiles du boulevard maritime et, de l'autre, le bruit du vent. Avançant vers la mer, j'atteins l'arête où les galets amorcent une pente brusque vers le bas, découvrant la partie inférieure de la plage. Je dévale quelques mètres et le bruit de la ville s'éteint, faisant place aux rumeurs de la baie de Seine : ressac, bateaux sous les nuages. Lorsque la mer monte, elle vient buter contre les galets et l'on entrevoit, dans le creux des vagues, des reflets transparents aux teintes vert bouteille, mêlées d'algues et de minéraux. En redescendant, la marée découvre une zone incertaine où se mêlent le sable, les roches et d'innombrables flaques salées. Puis la mer recule encore, dévoilant la grande plaine brune et luisante de vase, où l'on bâtit d'éphémères châteaux de sable, où l'eau s'étale en vaguelettes mousseuses.

Autrefois, des pêcheurs y poussaient leurs filets à crevettes. Plus tard les détergents faisaient mousser l'eau de mer. Aujourd'hui, j'observe de bizarres créatures juchées sur des chars à voile, fonçant sur l'autoroute de sable. Des enfants agitent leurs cerfs-volants synthétiques qui tourbillonnent bruyamment dans le ciel comme une nuée de mouches agressives avant de piquer en kamikazes vers le sol. Nos cerfs-volants étaient plus calmes mais ne s'envolaient guère.

Chaque été, la plage du Havre se recouvrait de centaines de cabanes en bois. Dès les premiers beaux jours, on voyait pousser sur les galets ces baraques, assemblées au fil des week-ends par des pères et des fils bricoleurs.

Une vaste cité de planches s'édifiait peu à peu à l'ombre de la ville de béton. En dessous du boulevard maritime, d'innombrables cubes identiques s'alignaient sur la caillasse, disposés comme un damier en lignes perpendiculaires, séparées par des allées numérotées. Chaque allée de cabanes partait du boulevard et s'ouvrait à l'autre extrémité sur la mer. Toutes les dix rangées, la série s'interrompait dans une allée plus large destinée aux édifices publics : douches, terre-pleins réservés aux poubelles, terrasses de marchands de frites, marchands de boissons. Dans les bistrots de planches, des midinettes de banlieue et des séducteurs à lunettes noires sirotaient en maillot de bain, l'après-midi entier. Des enfants se faufilaient sur la dalle de béton gluant pour acheter un cornet de frites, puis rejoignaient leur cabane en se glissant parmi les baraquements, dans des interstices sombres et puants.

Les cabanes du Havre sont presque toutes construites sur le même modèle. Hautes de deux mètres, larges de deux mètres, profondes de deux mètres, elles sont peintes en blanc et recouvertes d'un toit noir goudronné. L'aménagement intérieur est parfois rudimentaire ; surtout dans les familles aisées qui utilisent leurs cabanes en demi-saison, mais passent la plus grande partie des vacances loin du Havre, sur des plages ensoleillées.

Au contraire, les Havrais moins favorisés utilisent cette baraque de planches durant tout l'été, comme une résidence secondaire à bas prix, dotée d'une coquette installation. Leur cabane contient des miroirs, des tables pliantes, un portemanteau, un rideau pour se changer, de petits meubles peints, un réchaud, un éclairage au gaz, des bidons d'eau potable, des fauteuils pliants, des matelas de camping... Débarquant de bon matin pour la journée entière, les propriétaires accomplissent un long rituel composé de séances de bronzage, bains de mer, promenade du chien, apéritifs, réceptions amicales, repas.

Chaque allée de cabanes constitue une petite rue et le cœur d'un village. Les maisons de bois se font face avec leurs portes à battants. Des tribus se constituent pour la saison et se reconstituent d'une année sur l'autre, car les familles conservent jalousement leur emplacement. Les enfants revendiquent les avantages de leur rangée : la supériorité de ses habitants, la proximité du marchand de glaces ou d'un emplacement pour stationner ; la meilleure qualité du sable et des galets à cet endroit précis de la plage, etc. Autant d'atouts incontestables qui entraînent la formation de bandes rivales et génèrent parfois des conflits violents.

Les planchers extérieurs, posés devant chaque cabane, offrent aux corps un espace privé supplémentaire. Ils permettent notamment d'arpenter l'allée sans s'écorcher les pieds, malgré les remarques de certains propriétaires qui voudraient interdire leur plancher aux pieds étrangers. Le plus souvent, toutefois, les familles fraternisent à l'intérieur de chaque allée, où règne une harmonie mêlée de solidarité contre les allées voisines.

À la frontière du Havre et de Sainte-Adresse, non loin des égouts, un quartier de cabanes plus importantes s'accroche au coteau, sur une herbe de terrain vague. Construites sur pilotis, ces baraques géantes comportent des étages, des terrasses couvertes. Régnant sur leur paradis de planches, quelques privilégiés y passent leurs congés face à la mer, dans les senteurs d'eaux usées. Les enfants voient, dans ces demeures imposantes, l'image d'un luxe inaccessible.

Je jouais dans la vase, le corps rouge de coups de soleil. J'étais un conquérant, un bâtisseur d'empire. Je voulais construire le plus gros château, le plus beau. Je donnais des ordres à ma sœur qui n'obéissait pas, tandis qu'autour de nous travaillaient des quantités d'enfants mieux organisés, plus doués de leurs mains. Quelques-uns se faisaient aider par leurs parents. Munis de pelles, ceux-ci dépensaient une énergie considérable pour offrir à leur progéniture le plus haut édifice de la plage. Les murs séchaient sous le soleil. Un instant, on croyait qu'ils allaient durcir et tenir ; puis bientôt commençait la chute lente des fortins de vase, qui s'effondraient en bouillie molle. Déjà la mer, reprenant son mouvement ascendant, s'étendait en longues vaguelettes qui achevaient de raser, d'égaliser, d'effacer ces aventures humaines de la dernière marée.

L'après-midi finissait. La plage de sable disparaissait peu à peu sous les flots. Nous remontions nous asseoir sur la pente de galets puis devant la cabane où notre mère bavardait avec d'autres mères. Assises sur leurs serviettes de bain, elles tricotaient, papotaient, profitaient du bonheur d'habiter Le Havre à cette heure précise de la journée, quand le soleil se fait plus doux et que les foules remontent en autobus vers les cités ; lorsque seuls quelques groupes de femmes et d'enfants traînent encore au bord de l'eau.

Les femmes ne travaillaient pas encore, dans ce milieu de bourgeoisie provinciale. Elles reproduisaient assez fidèlement les modèles hérités de la génération antérieure. Fiancées, mariées, mères de famille, elles bavardaient côte à côte en bronzant. Leur conversation trahissait toutefois — on était autour de 1968 — un besoin diffus de *changement.* Elles se posaient des questions nouvelles ; elles se voulaient plus libres, moins bourgeoises, affranchies de certaines conventions ; elles découvraient le droit des femmes, rêvaient de « travailler », ce qui occasionnait de vives discussions. Elles s'engageaient dans l'action sociale, rêvaient d'abolir leurs privilèges ; elles recevaient à dîner des prêtres-ouvriers, faisaient cotiser leurs enfants pour le tiers-monde, prônaient la paix, l'égalité, l'amour universel. Elles entrevoyaient une façon nouvelle de décrypter la vie fondée sur l'écoute mutuelle, la simplicité sociale. Elles glissaient volontairement des galets chics de Sainte-Adresse vers la foule vivante de la digue.

Présentement, nous nous trouvions au centre de la plage, et ces jeunes femmes découvraient, surtout, la matière qui allait, au cours des années suivantes, occuper une place croissante dans leur conversation : la *psychologie*. Échappant à l'ombre vertueuse de leurs mères, elles envisageaient l'humain sous un éclairage nouveau, découvraient les territoires troubles de l'*inconscient*. Elles lisaient avec audace des ouvrages récents sur la sexualité dans le mariage (et bientôt sur la sexualité tout court), qui se mêlaient, tant bien que mal, à leur éducation de bourgeoises catholiques françaises.

Elles balançaient entre deux mondes, portaient des maillots de bain à une seule pièce, s'enduisaient de lotions solaires, mais point trop (une jeune chrétienne bourgeoise éprise d'action sociale conserve à sa peau une dureté naturelle). Elles portaient parfois des lunettes noires, plus modernes que chrétiennes. Elles attendaient leur mari qui les rejoignait en sortant du travail pour un dernier bain de mer, avant de rentrer à la maison.

À six heures du soir, ils arrivaient, jeunes hommes sérieux, apprentis pères de famille, affairés onze mois par an dans leur médecine, leur bureau, leurs affaires. Mon père avait trimé toute la journée avec énergie. Il s'était donné à son devoir et nous retrouvait sur cette plage de ruines pour prendre, à son tour, un bain d'eau salée, plonger la tête dans cette soupe immonde et tonique, puis s'allonger sur les galets auprès de sa femme, auprès de ses enfants ; demeurer enfin étendu au soleil, sans penser à la journée passée ni au lendemain. Éprouver un délicieux bien-être, le *bien d'être son corps*, le plaisir de respirer, d'avoir chaud, de sentir le sel sur sa peau tandis que la mer, avec acharnement, continuait à pousser les galets vers le haut, avant de les redescendre vers le bas.

Chaque été, nous retrouvions ces rangées de cabanes, ces galets, ce cambouis comme autant de données éternelles de l'existence. Nous formions nous-mêmes un fragment de la plage du Havre et rien ne pouvait briser ce sentiment d'unité.

À l'approche de l'adolescence, les premiers doutes apparurent : je découvris soudain qu'il était possible de dénigrer ce rivage. Je compris que je n'aimais guère cette ville, lassé de croiser chaque jour les mêmes visages familiers qu'on retrouvait au lycée, dans les magasins, dans les soirées. Partir ailleurs, oublier cette cité étroite, laborieuse ; cette plage immonde et ses galets crochus, son huile à frites, sa vase pétrolifère, son manque d'attrait notoire. À ce premier stade de fracture, je regardais Le Havre comme une prison pleine de laideur et rêvais de m'enfuir vers des beautés plus convenues : des boulevards parisiens, des rivages italiens ; ou ces grands hôtels proustiens qu'on apercevait par temps clair, de l'autre côté de la baie de Seine.

Peu à peu, je compris que l'affaire était plus compliquée. Ma ville natale était l'objet d'une permanente et violente bataille entre ses défenseurs et ses détracteurs dans laquelle il était difficile d'adopter un parti : d'un côté, certains Havrais voulaient absolument se persuader — et nous convaincre — que leur ville était exquise et leur plage enchanteresse simplement parce qu'ils y habitaient depuis toujours, n'envisageaient rien d'autre et préféraient, jusqu'à la mort, sublimer leur existence telle quelle. À l'inverse, les jeunes bourgeois de Sainte-Adresse répétaient obstinément que tout était mieux ailleurs, que leurs cousins vivaient « à Paris », qu'ils possédaient une villa « sur la Côte d'Azur », que Le Havre ne présentait aucun intérêt, sinon pour les affaires, qu'ils ne fréquentaient cette ville que par nécessité et avec le plus grand mépris.

J'hésitais de plus en plus, à la croisée de leurs feux nourris : sur ma gauche, le provincialisme exalté du Havrais béat ; sur ma droite, les gosses de riches de Sainte-Adresse, juchés sur leur îlot antihavrais. Sans plus savoir où mon cœur balançait, je préférais prôner ce que les autres dénigraient. Quand les bourgeois de Sainte-Adresse ironisaient sur la populace de la digue, je me précipitais près de la digue pour humer la bonne odeur du pétrole, écouter le chant des mobylettes, boire un pastis chez Polo, déguster un cornet de frites aux Croustillons Victor. Mais dès que j'arrivais à la digue, sur le parking où se déversaient les cités de banlieue en équipée balnéaire, j'avais envie de m'enfuir ailleurs, loin du Havre, vers ma plage italienne ou mon hôtel proustien... Après quelques minutes de mélancolie, je relevais les yeux vers le port où j'admirais le mouvement des navires, les réservoirs de gaz et leurs flammèches. Reprenant mon vélo, je m'enfonçais près des bassins déserts, le long d'immenses cales sèches, où dégringolaient de petits escaliers rouillés contre la quille des navires ; j'arpentais les terre-pleins jonchés d'objets fantastiques : hélices de navires grosses comme des maisons, rouleaux de câbles larges comme des troncs d'arbres, tas de charbon hauts comme des montagnes...

J'aimais *quelque chose* au Havre : cette ville sans charme, dressée au bord de l'eau comme une question sur le monde. Ces tours de béton et ces villas bourgeoises, ce grand port moderne pour portecontainers et ce vieux port de voyageurs, abandonné sur la route de l'Amérique, cette trop grande souspréfecture, cette cité industrielle de nulle part, cette ville de pêcheurs, de Normands, d'Alsaciens, de Bretons, d'Algériens. Cette juxtaposition de populations et de quartiers, d'usines et de faubourgs ouvriers, cette accumulation de mouvements historiques et géographiques, interrompus et condensés face à l'océan.

Dans les années quatre-vingt, sur la plage du Havre, les enseignes de marchands de frites disparaissaient derrière des enseignes asiatiques. Sous les baraquements de planches s'implantaient des commerçants du Mékong, vendant des repas exotiques et des boissons fraîches. Des familles de Hanoi ou de Saigon avaient échoué sur les galets et les ossements du Havre ; et je me demande comment elles regardèrent, pour la première fois, cette grande plage pauvre où s'accrochait leur destin ; comment elles trouvèrent ce vent normand qui n'est jamais tout à fait chaud, même l'été ; comment elles se résignèrent à vivre ici.

À la même époque, la plage devint graduellement plus propre ; du moins selon les relevés des services sanitaires qui, chaque été, annonçaient l'exceptionnelle salubrité de l'eau de mer havraise. La marée apportait toujours son lot de bidons en plastique, morceaux de bois et de ferraille, bouquets d'algues noires enchevêtrées... Mais désormais des bataillons de nettoyeurs éliminaient, chaque matin, ce flux moderne de déchets. Les pétroliers ne dégazaient plus dans la baie de Seine. Seule une lointaine marée noire rappelait, de temps à autre, les cauchemars de l'hydrocarbure, auxquels on avait quelques raisons de préférer la centrale nucléaire. Les égouts ne s'écoulaient plus au milieu des baigneurs. Le cambouis se faisait rare. Les grands épis de fer rouillé, enfoncés dans la plage pour briser les vagues, furent remplacés par des épis de pierre, harmonisés aux teintes grises des galets.

Le port s'enfonçait vers des zones plus lointaines de l'estuaire. Des navires entièrement automatisés y déchargeaient leur cargaison, selon un horaire rapide et précis. Les marins ne descendaient plus à terre. Autour des bassins, sur d'immenses espaces grillagés, s'accumulaient les containers en acier remplis de magnétoscopes fabriqués à Taiwan, d'appareils photographiques japonais, de computers américains et peut-être même de quelques marchandises exotiques du port d'autrefois : bois précieux, sacs de café, balles de coton, régimes de bananes pleins de serpents venimeux congelés... Il fallait réapprendre à rêver devant ces empilements de boîtes toutes semblables, saisies par des élévateurs silencieux, chargées sur des trains ou sur des camions. Le long des vieux bassins abandonnés de l'ancien port, quelques cargos sans pavillon croupissaient : navires soviétiques en perdition, ukrainiens, russes ou lettons, incertains de leur appartenance depuis l'éclatement de l'URSS. Des marins sans uniforme arpentaient les pontons rouillés, bricolaient, trafiquaient, en attendant une décision.

En ville, les dockers manifestaient pour les avantáges acquis d'une profession morte. Dans les faubourgs, des usines fermaient. De modernisation en reconversion, une pauvreté nouvelle s'étendait ; le chômage s'installait ; les skinheads attaquaient ; les voitures étaient toujours plus nombreuses. Sur le front de mer, le décor se rénovait. Les grandes villas 1900 du boulevard maritime se transformaient en résidences de copropriété. Des entrepreneurs modernes divisaient ces châteaux bourgeois en appartements, remplaçaient les fenêtres à croisillons par de grandes baies à double vitrage, et baptisaient leurs immeubles : « résidence Claude-Monet », « résidence Georges-Braque », en hommage aux peintres havrais.

En 1992 commencèrent d'importants travaux destinés à réhabiliter la plage. Depuis des années, une rumeur parcourait la ville selon laquelle cette baie n'était pas suffisamment *mise en valeur*. Au cours des années d'après-guerre, les habitants du Havre s'étaient accommodés d'une plage négligée, comme s'il ne pouvait en être autrement, dans cette cité industrieuse : l'essor du complexe pétrochimique imposait ses rejets comme un mal nécessaire. Désormais, l'humanité soignait son image, rêvait d'une seconde nature. La crise industrielle stimulait l'industrie de la propreté. Face à la production exponentielle de déchets, le commerce touristique et sportif trouvait son style. À la veille du troisième millénaire, les habitants de cette ville et ses autorités estimaient mériter, comme les autres, un véritable *espace vacances*, calqué sur le modèle des plages idéales.

Il fut question de transformer en promenade piétonnière le boulevard maritime, où le flux automobile était devenu très dense. Ce projet hostile à la circulation fut abandonné et les autorités municipales optèrent pour un autre projet consistant à isoler la plage du boulevard grâce à une dune artificielle. Un chantier complexe permit d'édifier, au milieu des galets, une bizarre colline de sable, sur laquelle furent plantées des touffes d'herbe sauvage qui rappelaient les lointains rivages des Landes ou du Pas-de-Calais. Le chantier dura trois années : « Un espace de liberté de neuf cents mètres de longueur ne se construit pas en un clin d'œil », titra un journal local. Les architectes décorateurs firent creuser, au pied de la dune artificielle, une rivière artificielle, peuplée d'algues et de roseaux évoquant la pureté des cours d'eau campagnards. Malheureusement, les milliers de Havrais qui se rendaient à la plage dégradèrent rapidement ce faux-cours-d'eau-sauvage au milieu des galets. Le pipi d'enfants, les cornets de papier ruinaient, à la belle saison, le charme du ruisseau. Des frites nageaient parmi les algues, des bancs de mégots glissaient entre les roseaux. À contrecœur, les autorités havraises durent protéger la rivière et les dunes par des barrières et des grillages, qui rompent quelque peu la poésie du concept.

Derrière la dune, côté mer, la nouvelle plage du

Havre ne manque pas d'attrait. Une promenade édifiée sur les galets permet d'arpenter le rivage en suivant le mouvement de la mer et des navires. On aperçoit, à l'horizon, Deauville et Trouville. Raccourcies et rénovées lors des travaux d'aménagement, les rangées de cabanes ont perdu leur aspect de bidonville urbain, au profit d'un caractère plus immédiatement balnéaire. Les bistrots de planches sont bordés de «jardins à l'anglaise»; on reconnaît, au milieu des pelouses, les enseignes d'anciens marchands de frites — Chez Polo —, de boutiques vietnamiennes — Le Lotus, Le Mékong —, ainsi qu'une nouvelle vague de bistrots rétro évoquant Le Havre des années trente, tel le bar Frascati (du nom de l'hôtel disparu où Louis-Ferdinand Céline venait écrire en regardant les bateaux).

Lassés par les visions futuristes d'Auguste Perret, les Havrais rêvent des rues d'avant-guerre qu'ils n'ont pas connues. Quelques vieillards se souviennent encore de cette ville perdue, de la gare maritime et des transatlantiques. Les enfants d'aujourd'hui se remémoreront la rivière d'algues et de mégots, les terre-pleins pour containers. Chaque époque a les rêves qu'elle peut; la nostalgie s'accroche à n'importe quoi. Et moi-même, en arpentant à nouveau la plage du Havre, je me rappelle, avec une curieuse mélancolie, le flot d'ordures coulant parmi les baigneurs. Le grand parking de la digue est toujours là, avec ses glaces Ortiz, ses croustillons Victor, ses accents, ses odeurs de saucisses et de mobylettes. J'aperçois Sainte-Adresse, à l'autre extrémité, avec ses bandes de véliplanchistes, ses blondinets mi-français, mi-californiens. Mais une longue promenade, bordée de jardins à l'anglaise, relie désormais les deux extrémités de la plage et, sans doute, d'un bout à l'autre, les vêtements, les autos, les conversations se ressemblent davantage aujourd'hui qu'hier. Il serait peu raisonnable de le regretter

Le soleil tombait. Nous demeurions nus sur les galets, serrés les uns contre les autres comme des oiseaux sur une branche, petite famille du XXᵉ siècle au milieu d'une plage de gravats, dans la lumière fraîche et trouble de la baie de Seine.

À l'ouest, vers Sainte-Adresse, la côte verdoyante s'élevait jusqu'au cap de la Hève, vers les falaises du pays de Caux. Sur les pentes s'alignaient de grandes demeures à colombages, des manoirs à tourelles, des chalets en bois autour d'un ancien hôtel balnéaire. On aurait pu reconnaître, de ce côté de la ville, les tableaux brossés un siècle plus tôt par Monet, Bazille, Jongkind, Boudin lorsqu'ils séjournaient ici. La Normandie était le jardin de Paris et Le Havre, l'entonnoir où l'on s'engouffrait alors vers l'Amérique. Claude Monet, dans les bassins du port, peignait son *Impression soleil levant*. Chefs d'orchestre, acteurs, peintres, hommes de lettres, hommes d'affaires, hommes d'État, voyageurs de luxe et voyageurs de commerce embarquaient ici sur des navires à vapeur pour leurs tournées exotiques ou transatlantiques tandis que, dans les cabines de troisième classe, s'entassaient les immigrants de toute l'Europe.

À l'est, loin des souvenirs, se dressait la ville moderne : ses tours de béton, ses cheminées d'usines. Petit bout d'Europe rénovée, centre de production, coin de province française entre le monde d'hier et le monde d'aujourd'hui. C'était Le Havre, ville à l'abandon, ville à la dérive où subsistaient, ici et là, les traces d'une autre histoire.

Soudain, dans la lumière douce de cette fin d'après-midi, nous relevions ensemble la tête en entendant la sirène d'un bateau. Une sirène différente de toutes les autres ; une sirène plus puissante que nous avions immédiatement reconnue, si bien qu'en nous redressant, nous savions précisément ce que nous allions voir : le passage de ce bateau constituerait le clou de notre semaine, l'apothéose de cette journée délicieuse. Nous regardions glisser, entre les deux bras de la digue, un grand paquebot noir, blanc et rouge aux cheminées ailées. Ses lignes élégantes voguaient sur les flots bleus. Ce navire dégageait une impression de pureté, de souplesse, sans rien de commun avec les lourdes machines flottantes d'avant-guerre. Tel un ultime luxe français des années soixante, telle une Caravelle, une DS Citroën, ce grand bateau souple glissait dans le soir. Son étrave coupait, comme un fil, la ligne des flots. Il abandonnait derrière lui les digues du port pour avancer, rapidement, au milieu de la rade. La sirène lançait à nouveau un hurlement sourd, qui diffusait dans le corps du public havrais une fierté, une émotion. Toute la ville se figeait un instant sur la plage, sur les balcons.

Le *France* repartait vers l'Amérique. Il traversait le décor, puis diminuait peu à peu sur l'horizon. Le dernier paquebot transatlantique poursuivait son va-et-vient; il s'en allait vers New York et les quais de l'Hudson avant de revenir, comme un balancier, chargé d'autres passagers. Nous regardions ce bateau sur la plage dans le soir tombant, sans songer à New York, ni au Havre, ni à la France, ni à l'Amérique, ni à l'impressionnisme, ni à la pollution pétrolière, ni au destin de la marine marchande. Nous suivions sur l'horizon la trace de ce navire, comme notre rituel ordinaire et particulier. Il faisait doux. La mer, presque étale, montait encore par minuscules vaguelettes qui se laissaient tomber mollement sur les galets, avec un gargouillis; puis la vague plus haute et profonde, creusée par l'étrave du navire, ondulait lentement jusqu'à nous et s'écrasait en projetant des gouttelettes d'écume.

Alors, assez heureux, nous allions nous rhabiller dans notre cabane de bois. Nous ramassions les différents objets de l'expédition, puis nous remontions en 2 CV par les rues, jusqu'à la maison, jusqu'au dîner, jusqu'à la routine de cette petite famille où je vivais.

4

Zone Nature Protégée

1

— Il faut faire quelque chose pour le village...

Une voix a parlé, dans le silence pesant du conseil municipal. Il est neuf heures du soir. Assis sous le portrait du président de la République, le maire scrute ses concitoyens, l'air grave. Un balancier d'horloge égrène les secondes dans cette salle rustique, donnant sur un préau d'école désaffecté. Autour de la grande table, les huit conseillers se regardent les uns les autres en répétant :

— Il a raison, il faut faire quelque chose pour le village.

À gauche du maire se tient Robert Pommier, le second adjoint.

Qui est Pommier ? Ancien préposé de l'Électricité de France, il occupe sa retraite en entretenant ses voitures. Chaque matin, devant chez lui, il frotte, lustre, astique l'une de ses carrosseries (il en possède trois). Tous les deux jours, il se rend avec sa femme au centre commercial de la ville voisine ; le lendemain matin, il s'agite à nouveau devant son garage, jet d'eau en main, pour nettoyer l'auto de la veille. Pommier est un homme méfiant. Lorsqu'un touriste en promenade, traversant le village, lui dit « bonjour », il le regarde passer sans répondre, l'œil mauvais.

À droite du maire se tient Serge Navet, le premier adjoint.

Qui est Navet ? L'homme le plus riche de la commune, propriétaire de l'usine d'incinération d'ordures située dans la lande, à deux kilomètres. Amoureux des machines, du développement, des grands projets, Navet prône l'industrialisation du village par les autochtones. Dès les années soixante, il a travaillé sur une chaîne de montage, avant de fonder sa propre entreprise. Il fut l'un des premiers habitants à posséder une voiture. Il aimerait doter la contrée des avantages d'une banlieue moderne : crèche, dispensaire, école de tir, élevage de chiens… Pour commencer, il rêve d'un vaste complexe d'incinération dont les cheminées s'aligneraient entre les pins et l'océan.

Le maire, de son côté, cherche à concilier l'industrie et le tourisme. Propriétaire d'un hôtel-restaurant, il sait que les estivants, randonneurs, baigneurs représentent un fonds de commerce pour ce village situé à quelques encablures de la mer, sur une côte encore sauvage. Mais ses trois cents électeurs l'ont doté d'une mission et d'un empire plus considérables : des milliers d'hectares, des kilomètres de route, une usine en plein essor,

grâce à sa matière première gratuite et inépuisable :
l'ordure. À la soif de modernité de ses administrés,
le maire doit savoir répondre. Fort de son pouvoir,
il sent grandir son influence auprès des notables
politiques régionaux, prestige qui lui permettra
peut-être un jour — comme l'espère sa sœur, la
secrétaire de mairie — de briguer un mandat de
conseiller général.

Allié à Navet et à Pommier, le maire vient de
lancer son plan de bataille. Avant la réunion, il a
organisé un dîner à l'auberge. Les hommes sont
éméchés. On dirait que leurs visages vont éclater,
étranglés par leurs cravates. Certains ont conservé
leur casquette. Ils se regardent autour de la table,
les yeux brillants, et répètent :

— Il faut faire quelque chose pour le village.

Navet insiste :

— Nous vivons comme des exclus, en marge du
progrès !

Les mots « progrès » et « exclus » ricochent d'une
oreille à l'autre, réveillant une vieille frustration.
Depuis longtemps, les paysans se sentent sur la
touche. Le monde rural revendique : il a acquis
l'éducation, l'auto, la télé ; il ne s'arrêtera pas là.
Robert Pommier lance sa formule :

— On ne veut pas être sacrifiés !

Les autres reprennent au vol, expriment par des
grognements leur désir d'entrer dans une nouvelle
société. Les yeux cachés par ses lunettes teintées,
Navet scande :

— Nous n'accepterons pas cette fracture sociale !

Propriétaire d'un vaste domaine dans la lande, Navet a donné corps, quelques années plus tôt, au rêve de son épouse : une maison coloniale aux murs habillés de bois, colonnes, terrasses et balcons comme ceux d'*Autant en emporte le vent*... À l'approche de la retraite, il incarne la réussite sociale au village. La plupart des habitants ont un frère, un fils, un neveu employé à l'usine ; mais Navet sait se montrer simple. Il n'est pas bêcheur. Il a gardé son accent, ses habitudes de bistrot. Il savoure sa victoire avec modestie.

Il se tourne vers le maire ; leurs deux regards se consultent silencieusement pour déclencher la seconde phase des opérations. Dans la salle, les hommes s'énervent en répétant, sur un ton obstiné :

— Ni sacrifiés !

— Ni exclus !

— Désenclavons le village !

Ils énumèrent ces richesses dont on les a privés : réseau autoroutier, hypermarchés, zones industrielles, trains à grande vitesse, plate-forme de lancement de satellites... Et, tandis qu'une voix éteinte prône la patience, d'autres voix parlent plus fort pour exiger tout, tout de suite !

Le maire entreprend alors, pour les calmer, de dévoiler les premières mesures de son plan. D'une voix posée, modeste, il rappelle ses concitoyens à la réalité :

— Évidemment, notre commune n'a que de petits moyens. Nous ne sommes pas riches…

Les membres du conseil se regardent, abattus par des siècles d'injustice. Pommier allume une gitane maïs.

— Toutefois, poursuit le maire…

Une lueur brille dans les yeux.

— Toutefois, mes relations au conseil général et à la direction départementale de l'Équipement m'ont valu la promesse d'un *Contrat d'aide au développement*. J'ai le texte sous les yeux : « revaloriser les sites », « désenclaver les petites communes », « stimuler l'économie locale »…

Le maire laisse passer un silence. Il observe ses conseillers, s'avachit sur la table pour ne pas se donner trop d'importance. Il poursuit :

— Ayant mis bout à bout les différentes ressources dont nous pourrions disposer — subvention du département, taxe d'habitation, taxe professionnelle —, et en accord avec les industriels locaux (il se tourne solennellement vers Navet), voici les grands axes du plan de développement que je soumets à la délibération du conseil municipal :

« 1°) Extension de l'usine d'incinération, qui fournit la majeure partie des ressources budgétaires de la commune… C'est capital !

2°) Cette extension permettra le financement d'un parking, de toilettes publiques et d'autres équipements favorisant la halte du touriste dans notre village.

3°) Programme de gestion du paysage traditionnel : construction d'un sentier de découverte balisé conduisant du village au littoral.

4°) Élargissement de la route départementale, première étape d'un plan de désenclavement routier... »

Un mouvement d'approbation passe dans le conseil. Le maire poursuit :

«— Cet élargissement favorisera les flux touristiques et les flux de poids lourds chargés d'alimenter l'usine en ordures.

5°) Ouverture d'un terrain de motocross en bordure de l'espace dunaire.

6°) Organisation d'une fête traditionnelle avec accueil convivial et verre de l'amitié. »

2

S'éloignant de l'hôtel, Patrick traversa les prairies où paissaient des troupeaux de moutons. Il s'enfonça dans la lande par un sentier, plongea dans la lumière jaune d'un petit bois de sureaux, déboucha dans un champ de trèfles et retrouva bientôt la trace du sentier, fier de s'orienter aisément, quand un touriste ordinaire se serait égaré.

Chaque année, au printemps, Patrick venait passer une semaine au village, pour se reposer des tournées qu'il n'avait pas accomplies. Quarante ans, comédien au chômage, originaire de la région, il aimait la campagne et les conversations de bistrot. Grand et mince, le visage osseux, il portait par habitude une queue-de-cheval, qu'il avait longtemps considérée comme une marque d'affranchissement.

Patrick jouait les rôles comiques avec un certain talent, mais un tic absurde entravait — selon lui — l'épanouissement de sa carrière. À intervalles réguliers mais imprévisibles, sa bouche se crispait, il clignait de l'œil à deux ou trois reprises, puis le symptôme passait. Adolescent, ses parents l'avaient envoyé consulter une psychologue ; faute de le guérir, celle-ci l'avait persuadé de suivre sa vocation (elle évoquait le cas d'un acteur célèbre qui maîtrisait ses tics dès qu'il entrait en scène). Malgré un prix de théâtre, obtenu avec félicitations du jury, la carrière n'avait pas suivi. Patrick vivait à Paris dans une chambre de bonne, donnait des cours dans un conservatoire de banlieue, séduisait parfois l'une de ses élèves ; mais il n'aimait rien tant que ces promenades dans la lande, ce petit voyage rituel au cours duquel il se confrontait, pendant huit jours, aux questions de la nature.

Une angoisse se noua dans son ventre : il n'avait pas payé sa facture de téléphone. Patrick lutta contre cette pensée. Repoussant les genêts, il grimpa sur un promontoire sablonneux coiffé d'herbes sèches d'où il aperçut enfin, un kilomètre plus loin, la mer bleue et blanche. Juché sur la dune, il observa la côte sauvage. Puis il se tourna vers l'intérieur du pays en évitant, sur sa droite, la portion du paysage abîmée par la petite usine d'incinération...

Il s'arrêta, horrifié. Là où, l'an dernier, s'étendaient encore des prairies, ses yeux s'écarquillèrent devant un immense chantier. L'usine avait triplé de volume. Près de la vieille cheminée, deux nouvelles unités portaient, en lettres rouges, le nom de NAVET. Des bulldozers s'agitaient dans des travaux de terrassement. Près des fours, les camions déversaient des bennes d'ordures sur lesquelles virevoltaient des nuées d'oiseaux ; puis ils repartaient vides, à cent à l'heure, récolter de nouvelles cargaisons de déchets.

Patrick ferma les yeux ; il dévala la dune en poussant des jurons. L'industrialisation ! Un siècle en retard ! Sur cette côte sauvage ! À l'heure de la protection de la nature ! Comment les villageois autorisaient-ils une chose pareille ? Pendant un kilomètre, le comédien marcha vers la mer, consterné, furieux, agité par un tremblement du visage. Il prit des décisions radicales : jamais il ne reviendrait. Il chercherait ailleurs une contrée préservée, s'il en restait encore... Arrivé à l'embouchure de la rivière, il se calma en observant un groupe de goélands posés sur le sable. Les mêmes, peut-être, qui s'ébattaient dans les ordures ! Il les chassa d'un coup de pied puis remonta le cours d'eau. Passant devant le moulin abandonné, il s'assit sur une pierre en songeant à la beauté disparue ; puis il se domina en considérant la vie pénible des paysans d'autrefois.

Quelques minutes plus tard, il arrivait au hameau de l'étang où des bosquets verts et gras contrastaient avec la sécheresse de la lande. Au bord d'une pièce d'eau se dressaient un chalet suisse et un mas provençal (construits avant qu'une loi n'impose, sur tout le littoral, des normes architecturales régionales). Patrick s'approcha de la demeure méditerranéenne, devant laquelle stationnait une jeep. Il entra sans bruit dans un couloir pavé conduisant à une porte, sur laquelle il frappa un rythme joyeux.

— C'est qui ? chanta une voix d'homme sur un ton complice.

— Un visiteur de Paris ! répliqua l'acteur sur le même ton.

Des charnières grincèrent. La porte trembla puis elle s'ouvrit lentement. Toute seule. Et Patrick découvrit devant lui, au fond de la pièce, Joseph allongé sur un canapé en compagnie de Marceline — une jeune veuve des environs —, la poitrine à moitié nue. Elle pouffait de rire. Joseph tenait à la main une ficelle, chevauchant sur des poulies, par laquelle il actionnait la porte à distance, sans quitter sa couche de roi fainéant.

— On faisait la sieste en t'attendant !

Joseph, la cinquantaine, paraissait encore jeune malgré son nez rouge turgescent, entretenu par d'innombrables beuveries. Fils de villageois, célibataire attardé, il dilapidait le petit héritage de ses parents dans une retraite précoce. Ami des touristes, il avait sympathisé avec Patrick au fil des conversations de bistrot.

Cinq minutes plus tard, les trois convives s'attablaient dans la cuisine, autour d'une bouteille de vin blanc. Le téléviseur s'exprimait bruyamment. Joseph servit une première tournée, puis une seconde. Il semblait fier de sa nouvelle antenne parabolique, raccordée à quatre-vingt-huit chaînes publiques, privées, cryptées. Télécommande en main, Patrick zappait par politesse ; mais il avait la plus grande peine à s'exprimer devant le poste allumé. Un présentateur évoquait le drame d'une douzaine de bébés espagnols : leur croissance interrompue par une crème de soins pour les fesses toxique… À la troisième tournée, Patrick avoua que le téléviseur le gênait. Étonné, Joseph coupa le son, tandis que Marceline allait chercher, dans la cave, une seconde bouteille de vin blanc.

Patrick respira, soulagé par la perspective d'une vraie conversation. Joseph raconta divers événements survenus au village depuis l'an dernier : deux enterrements, un divorce. L'acteur parla des nuits parisiennes ; il évoqua, sur un ton familier, une comédienne célèbre (en réalité, il l'avait croisée dans une soirée). Puis il interrogea Joseph sur l'extension de l'usine d'incinération, cet horrible chantier au milieu des dunes. Mais au lieu de l'approuver, Joseph se rembrunit :

— Merde alors ! Les Parisiens, vous êtes tous pareils. Le progrès pour vous et le Moyen Âge pour les autres !

Patrick n'avait pas prévu cette riposte. Sa bouche se tordit dans un rictus et il cligna de l'œil, tout en bégayant :

— Le progrès ? Mais quel progrès ?

— Tu voudrais qu'on vive comme les paysans d'autrefois ? Qu'on nous enferme dans des réserves ?

Le ton monta rapidement. Patrick croyait prêcher l'évidence : les villageois possédaient des autos, des maisons, des télés, des machines à laver, des fours à micro-ondes, des débroussailleuses, des chaînes stéréo, des ordinateurs. Fallait-il, de surcroît, transformer la campagne en banlieue ? De son côté, Joseph considérait Patrick comme un fou, vivant toute l'année au milieu des voitures, mais incapable de supporter un bruit de moteur à la campagne ; respirant abondamment l'air pollué de Paris, mais obsédé par la pureté de son lieu de vacances. L'acteur s'indignait :

— On voit l'usine partout ; on sent des odeurs qui planent. Vous allez détruire la faune et la flore…

— Au contraire, ça attire les oiseaux. T'as pas vu les mouettes autour de l'usine ?

— Vous ferez fuir les touristes avec vos ordures.

— Non, monsieur ! On a pensé à tout. Une zone touristique, un sentier balisé, des parkings, des buvettes… Les taxes de l'usine vont permettre de créer des *activités*. Et pour qui crois-tu qu'on se donne tout ce mal ? Pour vous, les vacanciers ! Seulement voilà, vous n'êtes jamais contents.

— Ne faites rien, ce sera mieux !

Patrick dressa brusquement la tête, comme s'il gobait une mouche, et il cligna plusieurs fois de l'œil. Tout en servant une autre tournée, Joseph le considérait avec pitié en fulminant :

— Vous, les écolos, vous voudriez nous enfermer dans des zoos et nous distribuer des cacahuètes.

— Les gens ont besoin d'air, de nature. Votre richesse, c'est la côte ; votre avenir, c'est la lande.

Patrick prononça fortement cette dernière phrase, persuadé d'avoir trouvé un slogan convaincant. Mais rien ne pouvait briser la solidarité autochtone. Voyant ses efforts vains, l'acteur laissa un silence, puis il lança un autre sujet.

Il quitta Joseph en fin d'après-midi, ivre et embêté. Sur le chemin du village, il reprit ses arguments ; mais ses théories lui semblèrent déplacées. Pouvait-il faire la leçon aux paysans, chez eux ? N'était-ce pas se comporter en Parisien arrogant, en privilégié ? Il recensa ses privilèges : un studio en location, des vacances de six mille francs brut par mois... Un léger tremblement parcourut son nez et ses cils.

3

Peu avant dix heures, par un frais matin d'avril, le maire sortit devant son hôtel, près de l'église du village. Vêtu d'un costume trois pièces, il était ceint de l'écharpe tricolore. Il adressa un bonjour de la main à Mme Martin qui — au volant de sa Renault Super 5 — franchissait la centaine de mètres séparant sa maison de la pharmacie (le dernier magasin de la commune). Puis il salua M. Renard qui — au volant de sa Peugeot turbo — dévalait en sens inverse les cinquante mètres séparant la pharmacie de sa maison. Un petit vent soufflait. Le maire grimpa dans sa Volkswagen à injection. Il fit ronronner le moteur. Douze secondes plus tard, il freinait sur le nouveau parking, à deux cents mètres de l'église.

Il descendit de voiture, posa le pied sur l'étendue de bitume noir, encore frais et presque collant. Un groupe d'autochtones se massait au milieu du terrain ; des têtes se tournèrent vers l'édile municipal qui pâlit. Dès qu'on le regardait marcher, une timidité rendait sa démarche maladroite. Il tâcha de se redresser, en imprimant à son corps rond l'allure d'un notable. Son visage se figea dans un sourire plein d'ironie. Il parvint enfin à rejoindre ses concitoyens, sans susciter la moindre moquerie.

— Le sous-préfet n'est pas arrivé ? demanda-t-il, inquiet.

Par divers mouvements de tête, les autres signifièrent qu'on attendait toujours. Le conseil municipal était rassemblé sur le parking : les hommes avaient revêtu leur tenue de pompiers — pantalon noir, veste ignifugée, casque chromé —, selon la tradition des jours de cérémonie. Le menton tenu par une sangle, la tête écarlate de Robert Pommier ressemblait à un fruit mûr ; le visage gris de Navet sortait de son casque comme un escargot de sa coquille. Joseph portait un drapeau tricolore. D'autres hommes se serraient autour du maire, entourés par un cercle plus large de femmes et d'enfants venus assister à l'événement.

À dix heures moins cinq, un minibus déposa sur le parking les majorettes du canton. L'une derrière l'autre, elles descendirent le marchepied et posèrent leurs jambes nues sur le goudron. Mini-jupes blanches à franges dorées, cuisses roses et petits seins suscitèrent des sifflements chez les pompiers. Mais les jeunes filles étaient accompagnées par une bande d'adolescents de la ville voisine, mi-campagnards, mi-banlieusards, portant anneaux à l'oreille et jeans très larges de Portoricains du Bronx. Un curé à la retraite, séjournant à l'hôtel du village, avait accepté de bénir le nouveau parking. Il portait sur sa veste noire un ruban de solidarité avec les malades du sida. L'enfant de chœur, en aube, tenait un bénitier. Le ciel était traversé par de grands nuages.

Le sous-préfet n'arrivait pas. Le maire déambulait nerveusement, puis s'arrêtait par instants pour contempler son chef-d'œuvre : une superbe plate-forme goudronnée de mille mètres carrés, allongée le long de la rivière à la place de l'ancien relais de poste. Sur le sol, des traits de peinture blanche délimitaient les emplacements réservés aux véhicules. À l'extrémité du parking, un bâtiment en panneaux agglomérés abritait des toilettes automatiques et un espace pique-nique ; un plan des environs conduisait le touriste vers le sentier-promenade balisé. La fierté du maire visait, surtout, la dizaine de lampadaires disposés autour du parking ; un modèle choisi par sa sœur. Femme de goût, amoureuse des objets d'autrefois, elle avait porté son dévolu sur une série de becs de gaz 1900 qui donnaient à cette étendue, entre prairie et rivière, un petit air haussmannien. La nuit surtout, quand les réverbères éclairaient le bitume d'une lueur jaunâtre, toutes les différences socio-historiques se brouillaient dans une ambiance de périphérie moderne, mâtinée de vieux Paris, qui faisait chaud au cœur des villageois.

La voiture du sous-préfet entra en scène avec un quart d'heure de retard. Le chauffeur stationna instinctivement sur le bas-côté de la route. Irrité, le maire délégua un pompier qui se précipita en courant pour inviter le véhicule à occuper, sur le parking, l'un des nouveaux emplacements bitumés. Le représentant de la République s'approcha du groupe solennellement ordonné : pompiers au garde-à-vous, majorettes alignées deux par deux et, au centre, le maire, le curé et l'enfant de chœur. Amusé par cette image de la France rurale, le sous-préfet serra quelques mains. Il demanda au maire comment procéder. Deux fillettes s'approchèrent, tenant chacune l'extrémité d'un ruban tricolore — symbolisant l'entrée du parking —, tandis qu'un garçonnet, poussé par sa mère, tendait à l'énarque une paire de ciseaux. Celui-ci insista pour laisser la préséance au maire. Visage grave, l'élu local découpa le ruban puis tendit les ciseaux au sous-préfet qui préleva, à son tour, un petit morceau.

Les pompiers n'avaient pas bougé. Austères, sanglés dans leurs casques, le visage aiguisé par le vent, ils incarnaient la pérennité loyale et valeureuse de la République. Les majorettes en minijupes et les adolescents à boucles d'oreilles ne semblaient pas moins impressionnés. Bientôt, le maire et le sous-préfet s'effacèrent pour laisser la parole au représentant de l'Église qui s'avança, suivi par l'enfant de chœur. Plongeant la main dans le bénitier, le prélat s'empara du goupillon. Il le tendit vers le ciel, accomplit son mouvement professionnel de haut en bas et de gauche à droite, en disant :

— Au nom du père, du fils et du Saint-Esprit, je bénis ce parking : espace de rencontre, d'ouverture et de pique-nique, au bord d'une rivière limpide ; lieu de rassemblement, carrefour des familles, venues prendre des congés bien mérités en goûtant aux charmes de votre village...

Tandis que le curé rentrait dans le rang, le maire s'avança, se tourna vers le sous-préfet et entonna à son tour :

— Monsieur le sous-préfet, mes chers concitoyens. Comme le laissait entendre M. le curé, ce parking marque le début d'une nouvelle ère dans l'histoire de notre village et dans le développement de la région. Depuis trop longtemps, des touristes traversant en voiture notre terroir hésitaient à s'arrêter et repartaient, découragés. Une mission d'étude, suivie d'une réflexion du conseil municipal, nous a orientés vers cette solution : la construction d'emplacements de stationnement en plusieurs points de la commune. Le premier voit aujourd'hui le jour…

Robert Pommier, le visage cramoisi sous son casque de pompier, avait envie de pisser. Il n'aurait pas dû boire cette tournée de blanc avec Joseph, avant la cérémonie. Sa position d'adjoint rendait malheureusement tout mouvement impossible. Le maire parlait :

— Ce parking n'est que la première étape d'un plan de modernisation, visant à désenclaver notre commune, dont je vous rappellerai brièvement les grandes lignes :

« 1°) Extension de l'usine d'incinération, dont vous avez pu admirer le chantier, étendu de part et d'autre de notre superbe lande…

« 2°) Mise en valeur du paysage traditionnel et revégétalisation de l'espace dunaire…

Pommier n'en pouvait plus. Le vent frais excitait son besoin. À chaque chute de tonalité dans la voix du maire, il espérait que l'allocution s'achevait ; mais l'édile repartait de plus belle :

— … 6°) Construction d'un lotissement tout confort…

À bout de nerfs, Pommier se tourna vers le capitaine des majorettes et chuchota :

— Ça va être à vous.

Le maire, les yeux mi-clos, s'éternisait en considérations générales sur les relations entre les petites communes et les pouvoirs départementaux. Comme il s'éteignait dans une phrase incertaine, Pommier souffla à sa voisine :

— Allez-y !

La femme leva son bâton. Un adolescent, juché sur le camion-sono, lança la musique. Les haut-parleurs entonnèrent une marche militaire ; les jeunes filles levèrent les genoux en rythme tandis que le maire, décontenancé, continuait à parler dans un vacarme où nul ne l'écoutait plus. Il se laissa donc entraîner par le défilé, du parking vers le centre du village.

Pommier profita de la confusion pour se précipiter vers le talus et s'apaiser. Il rejoignit la troupe à mi-chemin, tout rouge, gonflé, soufflant. Derrière le camion-sono, les pompiers marchaient au pas avec un sérieux militaire ; les majorettes lançaient ensemble leurs jambes dans une belle unité martiale ; suivaient le maire, le sous-préfet, le curé et les curieux. À l'autre extrémité du village, la circulation était coupée par la gendarmerie, le temps de laisser passer la procession. Des poids lourds patientaient derrière le barrage. Une odeur de pourriture planait. Le maire expliqua fièrement au sous-préfet que ces camions alimentaient, jour et nuit, l'usine d'incinération.

La cérémonie s'acheva au bar de l'auberge. Le vin

blanc coulait à flots. Le sous-préfet resta une demi-heure. Toujours sanglé dans son casque, Navet le remercia pour l'autorisation d'extension accordée à son entreprise, malgré la campagne d'une demi-douzaine d'écolos. Tout en dégustant son muscadet, il s'indignait :

— Ça leur plairait qu'on vive comme au Moyen Âge, qu'on nous enferme dans des réserves !

Le sous-préfet sourit :

— Le tout est de trouver un juste équilibre entre développement industriel et protection des sites. Je crois que c'est ce que vous réussissez ici.

Toutes les cinq minutes environ, la salle de réception de l'hôtel était agitée par un tremblement. Un camion d'ordures traversait la commune à toute vitesse. Habitués à l'itinéraire, les chauffeurs suivaient la route sans ralentir ; ils fonçaient vers les fours pour anéantir plusieurs tonnes de déchets ménagers. Navet observait le va-et-vient par la fenêtre. L'économie locale avait trouvé, grâce à lui, sa dynamique : pour développer le village, il fallait lancer des projets ; pour financer ces projets, il fallait développer l'usine. Ce processus enclenché, plus rien ne freinerait l'essor de la contrée.

4

Patrick marchait dans la lande. Son sac accroché sur le dos, il foulait les bruyères, heureux de retrouver la bonne senteur du littoral après une saison théâtrale déprimante. Choisi pour le rôle de Scapin — en vue d'une tournée de trois mois en banlieue parisienne —, il s'était fait doubler par l'amant d'une directrice départementale des affaires culturelles. Pis encore : l'acteur en question avait suivi ses propres cours. Invité à la générale, la mort dans l'âme, Patrick dut reconnaître que son élève jouait assez bien le rôle. Il se repliait sur le destin de pédagogue, persuadé d'avoir forgé une génération d'acteurs. Il reprit son enseignement, sa bohème organisée, son séjour printanier au village.

Le sentier longeait un pré entouré de pierres où bêlaient des brebis. Une antique maison de torchis, coiffée d'un toit de chaume, apparut parmi les genêts. La cheminée fumait. Rien, ici, n'avait changé depuis un siècle ; Patrick aimait les mondes engloutis, les derniers des Mohicans, comme cette vieille paysanne à laquelle, régulièrement, il venait rendre visite.

Depuis son engueulade avec Joseph, l'an dernier, l'acteur avait pris des résolutions. Le rôle d'écologiste parisien en guerre contre les autochtones était aberrant. Il ne changerait pas le destin du village et devait s'adapter, bon gré mal gré, à des transformations qui le dépassaient. Pourtant, en approchant de cette chaumière primitive, il se sentait mieux. Longeant le vieil enclos, il regarda les poules et les canards, le cochonnet aux cuisses roses, pataugeant et reniflant dans son auge ; scènes et fables d'un théâtre de campagne.

Il poussa la porte en bois, avança dans une entrée sombre de terre battue. L'eau s'écoulait jour et nuit dans un bassin de granit. Des outils reposaient contre les murs : faux, sarcloirs, râteaux en bois. Des lapins grossissaient dans les clapiers. Au-dessus de la bergerie, dans un grenier à foin, des sacs d'herbe sèche s'accumulaient parmi les poutres poussiéreuses, chargées de toiles d'araignée. Patrick frappa à la seconde porte.

— Entrez, cria une femme.

Il poussa le battant et reconnut la vieille Marie, petite paysanne vêtue de noir, visage fripé, assise sur un tabouret devant son fourneau plein de suie, où fumaient deux casseroles d'eau. Des torchons séchaient au-dessus de la cuisinière. Sur le buffet, sur le sol, dans les recoins poussiéreux somnolaient d'innombrables chats. Marie regarda Patrick :

— Ah, c'est vous.

Elle se leva et l'entraîna vers la salle à manger, où elle recevait ses visiteurs. Ayant indiqué à Patrick une chaise basse, elle s'installa sur une banquette en bois, à l'autre extrémité de la pièce, et la conversation commença. Patrick demanda :

— Auriez-vous une douzaine d'œufs frais, que je les ramène à Paris ?

Marie parut embêtée. Elle réfléchit avant de prononcer :

— Peut-être une demi-douzaine…

Les poules pondaient mal en ce moment ; les demandes étaient trop nombreuses, Marie ne pou-

vait satisfaire tout le monde ; mais elle en trouve-
rait peut-être cinq ou six, en cherchant bien… La
vieille gérait méthodiquement ses stocks, pour attirer les visites au rythme régulier qui lui convenait.
Ils passèrent à d'autres sujets. Marie se souvenait
parfaitement de sa précédente conversation avec
Patrick, l'an passé. La bouche de l'acteur se tordit
plusieurs fois lorsqu'elle l'interrogea sur sa tournée théâtrale au Canada : le projet avait échoué,
comme les autres, et Patrick préféra mentir en bro-
dant sur quelques souvenirs d'un voyage au Qué-
bec. De temps à autre, Marie se levait et courait
vers la cuisine, afin de transvaser une quantité
d'eau chaude d'une casserole dans l'autre. Puis elle
revenait s'asseoir sur sa banquette.

— Tout de même, vous devriez couper cette
queue-de-cheval…

L'acteur sourit. Il demanda à la vieille son avis
sur les travaux de la commune. Elle jugeait stupides
les projets de ses concitoyens. Selon le tracé prévu,
la nouvelle route d'accès à l'usine passerait près de
sa ferme. Elle craignait qu'un de ses chats ne se
fasse écraser. Le maire, Navet et Pommier étaient
venus en délégation lui parler du droit au développement, du renforcement de l'industrie locale. Elle
ne voulait rien entendre. Ils étaient revenus la
semaine suivante pour lui acheter un pré, en bordure du futur terrain de motocross. Marie les avait
mis dehors.

« Une résistante ! » songeait Patrick, aux anges.

— En cherchant bien, je vous en peut-être une douzaine.

Il fallait partir, reprendre le train de nuit vers Paris. Marie fit durer la conversation sur le pas de la porte, dans le vent doux de cet après-midi de printemps. L'acteur s'éloigna par le chemin qui traversait les marécages ; il passa le vieux pont où, un soir, il avait croisé la paysanne, suivie par son troupeau bêlant sous le ciel étoilé. Il se pencha sur la rambarde pour écouter la rivière ; d'innombrables entrechocs liquides résonnaient sous la voûte comme un jeu de grelots.

Soudain, Patrick renifla dans l'air un relent d'ordures.

5

Nathalie et Jean-Marc, en tenue de jogging, trottent sur le sentier balisé qui les conduit du parking vers la mer. Ils transpirent, côte à côte, dans leurs survêtements gris. L'hiver dernier, ils ont acheté une part d'appartement dans une station balnéaire voisine (un duplex en multipropriété qui leur appartient quatre semaines par an). Ils aiment courir sur cette lande sauvage et fleurie, où ils accomplissent une série d'exercices sportifs : extensions, pompes, abdominaux. Arrivés au rivage, ils soufflent devant l'océan puis retournent au parking, boivent une bouteille d'eau minérale, grimpent dans leur voiture et rentrent déjeuner.

Ils courent sans se parler, respirent la bonne odeur des pommes de pin. Chacun porte sur ses oreilles un walkman qui diffuse les programmes d'une radio tonique. Quand leur pas faiblit, une musique funky les encourage; quand leur esprit se relâche, un flash d'informations les ranime. Nathalie, jeune cadre dans une boîte de conseil financier, porte un bandeau qui maintient sa chevelure blonde. Jean-Marc, jeune ingénieur dans une boîte de conseil en informatique, porte des lunettes rondes, tenues par un ruban de caoutchouc qui les empêche de sauter sur son nez à chaque foulée. Un bandeau multicolore cerne également son crâne comme celui des tennismen qu'il admire; sans véritable utilité, vu sa calvitie précoce.

Concentrés sur le rythme de leur respiration, ils suivent les balises récemment implantées sur le sentier. Des panneaux, des flèches, des noms de lieux-dits ponctuent l'itinéraire: «lande du Sanglier», «chemin des Genêts»... Parfois, Nathalie et Jean-Marc s'arrêtent pour lire sur la balise une page d'histoire régionale, étudier un schéma géologique. Tout en ingurgitant les informations, ils trottent sur place, afin de conserver leur rythme respiratoire. D'autres pancartes, posées par l'Association de sauvegarde des forêts et dunes, invitent les joggeurs à respecter la nature, à ne pas cueillir une plante en voie de disparition, à ne pas marcher dans certaines zones dunaires «en cours de revégé-talisation écologique». Les deux paires d'Adidas se remettent en train, foulant un sol sablonneux mêlé de branches de bois sec, de coquillages minuscules, de mégots, de pissenlits, de kleenex froissés. À certaines étapes, un tronc d'arbre nettoyé et verni, disposé en travers du chemin, impose des épreuves particulières : grimper, sauter… Plus loin, un pont de corde est tendu au-dessus d'un fossé. Nathalie et Jean-Marc suivent fidèlement les propositions. Séjour après séjour, ils apprennent à maîtriser les itinéraires sportifs de la région dans un temps record.

Une disco tonique les encourage à l'approche des premières grandes dunes, dont le sol mou et les pentes vives exigent un surcroît d'effort. Le flash de dix heures annonce une baisse de la Bourse, liée à la trop bonne santé de l'économie. Un panneau, sur le côté du sentier, indique : « Marchez au pas. » Nathalie et Jean-Marc ralentissent leur élan ; ils respirent profondément en soufflant vers le sol, étirent leurs bras en adoptant une foulée lente et régulière. Le soleil chauffe la lande. Jean-Marc prend instinctivement la main de Nathalie, tandis que le DJ lance une chanson d'amour. Soudain, au moment de contourner un monticule de sable, ils aperçoivent, en travers du chemin, trois grosses motos dont les moteurs grondants couvrent bien-tôt leurs programmes radio.

Les carburateurs rugissent par brusques reprises.

Juchés sur leurs chars, deux hommes et une femme portent des combinaisons de cuir noir. Ils ont ôté leurs casques et dévisagent les deux tourtereaux. Affolé par ces cavaliers de l'Apocalypse, le jeune ingénieur conseil sent son cœur taper dans sa poitrine. Il a peur des loubards et redoute une agression. Nathalie, plus amusée par ces monstres en pleine lande, tire son mari par la main et offre aux motards un large sourire. Ceux-ci renvoient un geste de salutation. Jean-Marc est rassuré quand l'un des trois pilotes demande d'une voix timide :

— Vous connaissez le terrain de motocross ? Je crois qu'on est partis dans la mauvaise direction.

Affichant à son tour un sourire confiant, Jean-Marc tend la main :

— C'est par là, je crois. Vous roulez jusqu'à la petite ferme, vous passez les prés. Vous continuez, en suivant les cheminées de l'usine. Vous ne pouvez pas vous tromper.

— OK, merci, dit l'autre, inquiet de s'être égaré sur le chemin des joggers où il risque une contravention.

Les deux filles échangent quelques paroles ; puis les trois motards, ayant rengainé leurs casques, font tourner les moteurs et foncent dans un tohu-bohu à travers dunes et sentiers. Nathalie et Jean-Marc rajustent leurs walkmans. Ils reprennent la direction de la plage, en suivant les instructions du panneau qui leur indique, maintenant, de sauter à cloche-pied jusqu'à la prochaine balise.

6

— Pourquoi tu refuses de vivre comme tout le monde? Pourquoi t'as pas de voiture, hein? Tu trouves ça normal?

— Ben, heu...

Depuis le début de la conversation, Patrick ne parvenait pas à formuler le moindre argument. Gérard Lambert s'énervait, les yeux hagards. Patrick ne l'avait pas cherché; il se voulait amical, compréhensif et restait effaré par l'individu sur lequel il avait fondé tant d'espoirs : Lambert, le plus jeune agriculteur du village; le dernier de cette contrée délaissée par les plans de sauvetage de la paysannerie.

Âgé de trente-trois ans, Lambert possédait un troupeau de brebis et une fabrique de fromages. Non loin de l'ancienne masure de ses parents — transformée en garage —, il s'était bâti une maison de parpaings dans laquelle il vivait avec une femme, deux enfants et deux chiens-loups. Son épouse travaillait comme caissière à l'hypermarché. Gérard s'occupait du troupeau, des fromages, des poulaillers. Apprenant l'existence de cette ferme, Patrick avait éprouvé un soulagement : la survie des petites exploitations agricoles le rassurait.

Venu chez Gérard, sous prétexte d'acheter quelques fromages, il fut saisi d'un doute, en apercevant cette baraque de banlieue entourée d'une aire bitumée où s'entassaient des pneus, des machines rouillées. Les chiens-loups se précipitaient vers la barrière en aboyant, les crocs pleins de bave. Terrorisé, Patrick demeura plusieurs minutes de l'autre côté du grillage ; Gérard Lambert sortit de sa maison en bleu de travail, l'aperçut et cria familièrement :

— N'aie pas peur. Ils vont pas te bouffer !

Les mains pleines de graisse, le fermier était occupé à réviser un moteur. Sans prêter attention à Patrick, il plongea les mains pour visser, dévisser, nettoyer les bougies, régler les soupapes, puis regarda la machine tourner avec la perfection d'un système bien rodé. Harcelé par les bergers allemands, Patrick avançait timidement pour demander à Gérard trois fromages. Enfin, celui-ci se retourna, considéra avec mépris la queue-de-cheval de son visiteur, puis lança :

— Tu bois un canon ?

Ils entrèrent dans la ferme. Gérard nettoya ses mains au white-spirit ; il enfila des chaussons et entraîna Patrick dans une salle à manger carrelée où tournait la télé, à côté d'une cheminée en style de temple grec. Il sortit une bouteille de vin de table entamée. Patrick se présenta comme un habitué du village. Il prit soin de ne pas évoquer l'extension de l'usine. Mais Gérard, s'emballant dans une vaste réflexion politique, attaquait son interlocuteur comme un ennemi déclaré. Il l'engueulait, par des allusions à peine détournées :

— Y a trop d'artistes. Des paresseux, payés à ne rien faire. Et c'est toujours le pauvre con qui paye.

— Sans doute, sans doute…

— Oui, je sais, vous êtes contre la peine de mort. Moi, je suis pour, avec torture. Qu'on les fasse souffrir ! Qu'on les exécute à la hache, sur les places publiques.

— Mais ça n'empêcherait sans doute pas…

— Tu parles que ça n'empêcherait pas ! Le Français est trop gentil. Vous, les artistes, dès qu'on tue un bougnoule, vous en faites une histoire. Mais quand un bougnoule tue un Français, vous vous en foutez. Quand est-ce qu'on arrêtera de se faire marcher sur les pieds ? Le Français n'est pas méchant, mais un jour, il va en avoir marre, descendre dans la rue, et boum boum…

— Je ne sais pas si…

— Si j'étais dictateur ? Je stériliserais les habitants du tiers-monde en leur balançant des sacs de bouffe trafiquée. C'est possible, avec la recherche scientifique. Il suffirait d'envoyer, par avion, des tonnes de bouffe stérilisante aux affamés. Ils arrêteraient de se reproduire et on serait tranquilles. Ça éviterait de faire des malheureux…

Solidaire du combat antifasciste, Patrick avait honte d'écouter de telles paroles sans réagir. Sa mâchoire se crispa violemment et il cligna des yeux cinq fois de suite. Gérard se demanda comment ce type bourré de tics pouvait faire du théâtre ;

d'ailleurs, il ne l'avait jamais vu à la télé. Il conclut, sur un ton lourd de reproche :

— Tu n'as qu'à apprendre à conduire, t'acheter une voiture, faire un vrai boulot. Merde alors… T'es buté. T'arriveras à rien avec tes idées.

Après un silence, il reprit, plus cordial :

— Bon, c'est pas tout ça. Faut que j'aille donner de la farine aux moutons.

— De la farine ?

— Oui, farine de cochon. C'est comme ça qu'on les nourrit maintenant. Le fromage est bien meilleur, tu verras…

Ils sortirent devant la maison. Les trois autos garées sur le terre-plein goudronné donnaient à la campagne un air de périphérie naissante. Tout en raccompagnant Patrick, Gérard tendit la main vers l'ouest, en disant :

— Tu vois les prés, au bord du marais ? Parfois, au coucher du soleil, pendant que les gamines font leurs devoirs, je m'assois ici et je répète une poésie : Lamartine, Victor Hugo… Hugo, ça c'est un artiste !

Patrick, ses trois fromages en main, commençait à mesurer la complexité de la situation.

7

Pour passer le temps, tout en se rendant utile, Joseph accomplissait chaque semaine la tournée des maisons isolées. Le mercredi, il portait des commissions à Marie. Ensemble, ils commentaient l'actualité. Elle sortait une bouteille de vin de pêche de sa fabrication.

La vieille était robuste. Aussi Joseph fut-il surpris, un mercredi de novembre, d'entendre derrière la porte une voix très affaiblie qui lui disait d'entrer. Marie était ratatinée devant son fourneau, essoufflée, méconnaissable. Elle tourna vers son visiteur un visage jaune jusqu'au blanc des yeux. « Une hépatite », songea Joseph. Elle esquiva le sujet en affirmant : « Ça s'arrangera », puis reconnut qu'elle ne se sentait pas bien. Joseph alla chercher le médecin qui diagnostiqua une violente intoxication, sans pouvoir en déceler précisément la cause.

Le lendemain, la peau de Marie vira au brunâtre ; elle avait des nausées et le docteur décida de l'hospitaliser. Elle mourut quelques heures plus tard.

Le village tout entier assista à l'enterrement. Donnant la solennité qui s'imposait aux funérailles d'une vieille paysanne, le maire prononça des mots sur le terroir. Mais, tandis que la foule défilait pour bénir le cercueil, l'élu s'abandonnait à d'autres rêveries : un horizon s'ouvrait, grâce à ce décès inespéré : la possibilité d'élargir la route de l'usine ; d'étendre le terrain de cross. On pourrait même transformer la ferme en musée des traditions populaires, avec une statue de Marie en cire, assise parmi ses chats, près du fourneau bouillant ; mais la cire risquait de fondre... Le maire sentit couler une larme, en revoyant, en chair et en os, cette vieille fermière râleuse ; il pensa à sa propre mort et s'efforça de prier.

La catastrophe éclata le lendemain dans le journal régional. Le jour même de l'enterrement, le troupeau de Marie avait succombé tout entier après avoir bu à l'abreuvoir de la ferme. Le berger, envoyé pour garder les moutons, trouva cinquante carcasses étalées dans l'herbe. Dépêché sur les lieux, un gratte-papier de la presse locale titra une demi-page sur « Les eaux empoisonnées de la lande ». Le soir même, l'affaire rebondissait au journal télévisé régional. Deux heures plus tard débarquaient, dans le bureau du maire, la gendarmerie, le sous-préfet et le service des eaux, suivis par une poignée de photographes. La consigne était officiellement donnée à toute la population de ne consommer que de l'eau minérale.

Des analyses démontrèrent rapidement que la source du village était saine mais que des produits toxiques avaient contaminé celle de la ferme. Les journaux évoquèrent l'extension du complexe de traitement d'ordures.

Au même moment, une commission d'enquête débarquait à l'usine d'incinération. Navet trônait à son bureau, sous une grande peinture à l'huile représentant sa femme accoudée sur un piano blanc. Blême, le directeur de l'usine commença par s'énerver, accusant le « baratin des journalistes ». Il plaisanta bruyamment de « toutes ces salades ».

Adoptant le rôle de l'honnête homme, jalousé pour son argent, il se présenta comme la « force de l'économie locale » et tenta de fraterniser avec l'administration. Sourds à ses avances, les enquêteurs se firent conduire à l'extérieur du bâtiment, où les attendait un expert vêtu d'une combinaison en matière plastique blanche, mains gantées, bouche et nez protégés par un masque. Muni de perches et de pinces, ce cosmonaute suivit Navet vers l'aire de stockage des ordures : un immense terrain entouré d'une double rangée de grillages.

Un poste de gardiennage contrôlait une barrière mobile. Les camions-poubelle se succédaient pour déverser leur cargaison sur le sol. À l'intérieur de l'enclos volaient et criaient des milliers d'oiseaux blancs. Errant parmi les détritus, deux ferrailleurs récupéraient des objets : téléviseurs, morceaux de bois, vieux vélos, fils électriques, jouets d'enfants… Une partie des déchets demeurait étalée sur le sol avant de pourrir sous la pluie, mêlée à la terre de remblai. D'autres ordures ménagères étaient poussées par des bulldozers vers les fours crématoires ; des pelleteuses enfonçaient leurs mâchoires pour jeter de la nourriture au feu.

Sur un grand monticule s'entassaient les sacs-poubelle percés, cornes d'abondance d'où s'écoulait un grouillement multicolore de matière organique en décomposition : fleurs fanées saupoudrées de restes de purée, carcasses de poulets graisseuses pleines de mégots de cigarettes, serviettes hygiéniques imbibées de vin rouge, boîtes de médicaments, vieux journaux, disquettes, linges poisseux, chaussures trouées, pots de peinture, bouteilles de laque… L'homme en blanc, muni de sa perche, escalada cette colline dégoulinante. Ses pieds écrasèrent des têtes de poupées Barbie, piétinèrent des cassettes vidéo, des épluchures de pommes de terre. Il plongea plusieurs fois la pince, fouilla, sortit des prélèvements. Navet et les experts observaient. Le directeur de l'usine, affichant sa décontraction, répétait :

— Vous savez, je n'ai rien à craindre. Tout, ici, est parfaitement transparent.

Il perdit son assurance quand les enquêteurs l'entraînèrent vers la partie neuve de l'usine où étaient stockées les ordures «professionnelles» livrées par plusieurs entreprises de la région. Un mur de parpaings protégeait cette zone où s'entassaient des bidons de plastique, des fûts en métal. L'expert poussa un sifflement admiratif. Navet hésita encore un instant. Puis il songea que la naïveté serait la meilleure des défenses et indiqua les zones où l'on enterrait habituellement ces produits.

La presse locale tira ses conclusions. Par ignorance ou par complaisance, la lande avait abrité plusieurs mètres cubes de déchets hautement toxiques qui s'étaient infiltrés dans la source alimentant la maison de Marie. L'usine fut mise sous scellés, Navet incarcéré, les comptes épluchés. Un vent de consternation souffla sur le village où s'effondraient le rêve industriel et, par voie de conséquence, les projets touristiques qui ne se relèveraient pas d'une telle médiatisation. Pendant quinze jours, un bataillon de journalistes tenta d'ouvrir les bouches closes, frappa aux portes des maisons. Murés à l'intérieur, les habitants suivaient, sur leur petit écran, les reportages consacrés à l'affaire. Le maire prenait un air mystérieux pour expliquer qu'il ne pouvait rien dire. Seul Gérard Lambert accepta de recevoir la télévision pour éructer :

— Les journalistes ? Des menteurs ! Des youpins ! Des bougnoules !

Le directeur des programmes renonça à diffuser le reportage.

8

Un léger sourire illumine le visage de Patrick depuis son arrivée au village, cette année. L'hiver dernier, il a obtenu un rôle dans une comédie télévisée. Après diffusion de cette série grand public, des spectateurs l'ont reconnu dans les rues de Paris. Il sort d'une longue frustration ; même si, devant les gens de théâtre, il ironise volontiers sur cette sitcom stupide.

Retrouvant la campagne et le comptoir du bistrot, Patrick évoque régulièrement ce feuilleton, au fil des conversations, pour tendre la perche à ses interlocuteurs. Malheureusement, sa prestation est passée inaperçue au village ; nul ne remarque ses allusions. L'unique sujet de préoccupation, quelques mois après la catastrophe, reste l'empoisonnement de Marie et la fermeture de l'usine.

L'échec du programme de développement du village procure à Patrick une satisfaction secrète ; mais la mort de la fermière l'attriste. Tout à l'heure, il a marché près de sa maison. Le petit pont de pierre s'est effondré après le passage du camion de déménagement qui transportait les meubles à la brocante. Le nouveau pont, sommaire, est fait d'une énorme buse en béton. Autour de la chaumière, Patrick a traversé un paysage lunaire : jardin brûlé sur pied, arbustes calcinés, fleurs desséchées, tapis d'épines grisâtres. Seule une espèce de salade géante prolifère. Des planches clouées murent portes et fenêtres. Au loin, les nouvelles cheminées de l'usine Navet sont éteintes. La première unité vient de reprendre son activité pour le traitement des ordures ménagères.

Horrifié par ce résidu de campagne, Patrick rejoint la zone préservée du littoral. Il traverse le pré, s'enfonce dans la lande en direction de la mer ; il contourne les premières dunes, dépasse un block-haus de la dernière guerre. Des montagnes de sable herbeuses s'élèvent autour de lui, aiguilles et cratères sculptés par le vent.

Patrick entend le bruit d'un moteur. Quoi encore ? Prêt à affronter une nouvelle menace, il gravit un sentier tortueux jusqu'au sommet d'une dune où s'accrochent de petits hêtres, tordus par le vent. Soudain, il découvre, de l'autre côté, un paysage labouré de champ de bataille, un horizon ravagé où toute végétation a disparu. Un moteur rugit de nouveau et Patrick voit sauter dans le ciel une roue, deux roues, un châssis, un réservoir chromé qui retombent et disparaissent ; puis une seconde moto volante qui s'élève au-dessus du sol, se cabre, plonge derrière une dune et resurgit un peu plus loin.

Patrick voudrait hurler sa haine. Mais il songe à ses résolutions, à la nécessité d'aimer le monde *tel qu'il est*. Il s'efforce de saisir une harmonie entre le ciel, la lande et la pétarade.

Des voitures stationnent à l'entrée du terrain de cross. Patrick reconnaît au loin la Jeep de Joseph. Combattant sa mauvaise humeur, il descend le sentier, traverse l'aire de stationnement et se dirige vers un bâtiment en panneaux préfabriqués qui sert de bureau d'accueil et de buvette. En semaine, les clients sont rares. Mais les villageois se rendent fréquemment au motocross, devenu leur principal sujet de fierté depuis les malheurs de l'usine. Ils viennent boire un verre, bavardent avec le gérant. Une grande table en pin est disposée derrière la baraque. Patrick, en s'avançant, reconnaît Joseph, Marceline et Robert Pommier, en train d'écluser une bouteille de blanc.

— Voilà l'artiste ! s'écrie Joseph en levant son verre.

Patrick sourit. Pommier hausse un sourcil ; il se

méfie de cet acteur à queue-de-cheval qui, chaque année, revient au village et cherche à sympathiser. Son juron est couvert par la moto qui s'approche au ralenti et freine devant la table. Deux mains gantées se lèvent pour ôter un casque, laissant apparaître un visage blond ébouriffé qui lance :

— Je m'éclate sur ce circuit!

C'est le fils de Marceline, qui s'ébat dans les dunes avec un camarade. Descendant de moto, il entre dans le local, ressort muni d'une boîte de coca qu'il avale rapidement avant d'enfourcher de nouveau sa monture, pour foncer vers les montagnes de sable.

Les bouteilles se succèdent. Dès le deuxième verre, Patrick fait allusion au tournage de sa série TV; il déplore que les producteurs imposent trop souvent des jeunes premiers incompétents, «simplement pour leur gueule», ce qui oblige les vieux routiers, comme lui, à «sauver théâtralement» ce genre de film. Sa bouche se tord et son œil droit cligne en rafale. De temps à autre, les motos engloutissent la conversation. Puis le mugissement des deux-roues est couvert, à son tour, par le bourdonnement d'un hélicoptère, passant à basse altitude au-dessus de l'usine :

— Ils font des analyses d'air, s'esclaffe Joseph en haussant les épaules.

Les villageois désignent l'administration comme responsable de leurs maux. Ils dénoncent un acharnement, décidé à les empêcher de vivre. La responsabilité de Navet, dans la mort de Marie, n'est pas clairement établie. Les membres du conseil municipal ont retrouvé leur énergie pour échafauder de nouveaux projets, avec le soutien de la direction départementale de l'Équipement. Ils entendent jouer à fond la carte du tourisme, l'aménagement de la côte. Joseph rêve d'un complexe sportif, d'un parking en bord de mer, accueillant les véliplanchistes de France, d'Allemagne, de Hollande…

— L'important, c'est de proposer des activités.

Patrick écoute, résigné, prêt à aimer ce qu'on voudra : les dunes, le bitume, les salades géantes, l'itinéraire balisé, le vin blanc : tout ce qui compose la poésie d'un village à la fin du xxe siècle.

Les motos tournent bruyamment. Marceline rit dans son verre, tandis que Joseph verse tournée sur tournée. Pommier se plaint des motards de la ville voisine qui défilent le week-end sous ses fenêtres en se rendant au terrain de cross. Il aimerait une route de contournement du village ; il réclame une police des dunes.

En fin d'après-midi, on entend un coup de klaxon. Gérard Lambert, en survêtement, descend de son 4 × 4, suivi par sa femme, ses filles et les deux chiens-loups, Ralf et Blondie. Averti de la fête, il apporte un quartier de mouton et plusieurs bouteilles de rosé. Le gérant du terrain — un vieux loubard à barbe grise — sort le barbecue ; le charbon de bois commence à rougir. Patrick redoute les invectives de Gérard, mais le jeune agriculteur s'avance vers lui et prononce, presque tendrement :

— Dis donc, je t'ai vu à la télé. Bravo… Ça fait plaisir de connaître une vedette !

Patrick est envahi d'une sensation délicieuse. Les fillettes jouent avec les chiens.

— Couché, Ralf ! crie Gérard.

Sa femme porte un pantalon vert pomme qui grossit son derrière, un blouson de skaï et de longs cheveux frisottés. Elle retourne sur le feu les tranches de mouton. Les deux adolescents sautent sur leurs motos. Tandis que la nuit tombe, Joseph annonce :

— J'ai amené une surprise.

Sans rien dire, il disparaît derrière le bâtiment, grimpe dans sa Jeep puis roule, en marche arrière, jusqu'à la table où les autres l'observent en silence. Sortant de voiture, Joseph les dévisage d'un sourire narquois :

— Vous vous demandez ce que je vais faire, hein ?

— T'accouche ! crie la grosse blonde, toujours occupée près des côtelettes de mouton.

Sans se presser, Joseph ouvre la porte arrière. Il tire vers lui un grand objet rectangulaire, protégé par une housse. Il ôte le tissu qui laisse apparaître un écran de télévision. Toujours silencieux, il va brancher un câble électrique dans la baraque du gardien puis retourne s'asseoir avec ses amis, sort de sa poche une télécommande et la tend vers le récepteur en criant :

— Maintenant, que le spectacle commence !

L'écran s'illumine violemment. Des images apparaissent, représentant un terre-plein goudronné au bord d'une rivière, sur lequel se déplace une caméra mal assurée :

— Le parking ! s'écrie l'une des fillettes.

Tous reconnaissent bientôt le maire, les majorettes et les pompiers, le jour de l'inauguration du parking. Un villageois a filmé l'événement et prêté la cassette à Joseph. L'image du caméscope explore l'espace pique-nique. L'absence de scénario donne à cette succession de personnages, de sourires, de signes adressés à l'objectif une tristesse un peu morbide. Mais chacun observe sa propre image en jubilant ; la bouille rouge de Pommier, courant vers le talus, fait hurler de rire. L'adjoint au maire se rappelle son envie de pisser, ce matin-là. On rit de plus belle. Patrick sert une ration de vin blanc, tandis que les premières côtelettes arrivent sur la table.

Navet apparaît sur l'écran, sanglé dans son casque de pompier, en grande conversation avec le sous-préfet, lors du vin d'honneur.

— S'il avait su ce qui allait lui arriver, déplore Pommier.

— T'en fais pas pour lui, rétorque Gérard.

Le soir tombe, il fait bon. L'odeur du mouton se mêle aux parfums de la lande, puis à la graisse des motos brûlantes qui s'approchent à nouveau de la table. Les garçons coupent leur moteur et rejoignent les convives. Une conversation joyeuse se répand, axée sur des plaisanteries sexuelles. Quelqu'un lance l'idée d'installer un distributeur de préservatifs au village, en face de l'ancien presbytère. On rit. Patrick, par instants, a l'impression d'entendre un mouton bêler. Il se retourne, cherche autour de lui, puis songe qu'il s'agit probablement d'un effet de l'alcool. Il préfère piquer, dans son assiette, un morceau de côtelette.

Sitôt rassasiés, les jeunes remontent sur leurs motos, pour de nouvelles cabrioles nocturnes. Marceline recommande à son fils d'être prudent ; le gérant la rassure ; il entre dans son local et enclenche un puissant projecteur, accroché au pylône, vingt mètres au-dessus du sol. Une lumière blanche inonde les dunes et la table de camping, tandis que les motards chevauchent leurs selles pour attaquer la piste dans un grondement de moteurs.

Le film est terminé ; les fillettes jouent avec la télécommande, passant d'un jeu d'argent aux multiples usages d'un hachoir électrique.

À onze heures et demie, deux portières de voiture claquent et l'on voit s'avancer, dans la pénombre, le maire du village accompagné de Navet, tout sourire, une bouteille de gnole à la main. Son arrivée jette une émotion dans l'assistance. Tel un héros revenant des enfers, le directeur de l'usine s'assoit dans un silence solennel. Il débouche sa bouteille de poire Williams — une réserve spéciale —, il sert à chacun une rasade, puis rebouche sa fiole et la range devant lui. Il raconte une nouvelle fois ses malheurs, l'expérience de la prison, l'erreur judiciaire. Après la découverte des fûts toxiques, Navet a passé un mois en préventive avant d'être relâché. À son tour, il attaque l'industriel qui livrait les fûts. Il vient de lancer une campagne dans la presse régionale contre ceux qui cherchent à détruire l'emploi.

Redoutant d'être désigné comme un représentant du camp écolo, Patrick s'indigne plus fort que les autres. Il pose des questions, boit des verres, approuve systématiquement les propos de Navet. Soulagé d'avoir échappé à une mise en examen, le maire joue l'homme raisonnable qui, mieux que les autres, connaît les ressorts de la justice, les excès de l'information, les besoins réels du village. Il affirme que le développement doit jouer, aujourd'hui, la carte touristique, en harmonie avec une petite industrie locale.

Navet reprend la parole et parle de la diversification de son entreprise. Le procès achevé, il lancera de nouveaux chantiers pour faire oublier la catastrophe. Idée maîtresse : un circuit routier à travers les dunes ; une chaussée à deux voies longeant le littoral, ponctuée de points de vue et de points de vente. Les automobilistes, sans quitter leur véhicule, pourront arpenter les plus beaux paysages de la côte.

— Nous avançons lentement mais sûrement, dit le maire. Il faut agir étape par étape.

Une moto passe dans le ciel. Patrick, complètement ivre, a de nouveau l'impression d'entendre un mouton bêler. Mais tous les visages se tournent vers l'écran, pour admirer un reportage sur les landes sauvages d'Irlande et leurs troupeaux de brebis.

— C'est beau! s'exclame Joseph.

— Si j'avais les moyens, approuve Gérard, j'irais en vacances là-bas, à la pêche au saumon!

5

Scènes de la vie

(2)

(SORTIE DE CLASSE)

Gare de Lyon, huit heures du matin. Au milieu de la foule des employés, étudiants, ouvriers, cadres moyens et supérieurs, un homme à cheveux gris agite un petit panneau. Perdu dans le grouillement des voyageurs et des banlieusards, il exhibe une pancarte, ornée de trois mots en lettres capitales : WAGON DES ÉCRIVAINS. Ces indications mystérieuses, sous l'immense charpente de fer de la révolution industrielle, ne suscitent qu'indifférence, avant d'attirer d'autres individus costumés chargés de cartables, d'attachés-cases... Ils sont à présent une vingtaine autour du panneau. Certains sont vieux, d'autres jeunes, assez semblables aux différents humains qui s'agitent autour d'eux, munis de micro-ordinateurs, dossiers, quotidiens économiques. Certains se reconnaissent, se congratulent. L'homme à la pancarte consulte plusieurs fois une liste, il compte les arrivants puis lance enfin, avec un sourire :

— Par ici les écrivains.

Alors, tous s'engagent derrière lui sur le quai — tel un groupe de collégiens en sortie de fin d'année — et grimpent dans le train à très grande vitesse.

Nous sommes un groupe de littérateurs levés de bon matin, douchés, peignés, parfumés, habillés, rassemblés par le sympathique organisateur qui doit nous conduire à notre but : un salon du livre en province. À l'intérieur du wagon, la plupart des écrivains s'assemblent deux par deux et commencent à bavarder, tandis qu'une jeune fille distribue du café. L'ambiance est bonne. Je ne connais pas le livre de mon voisin, mais nous sommes contents de nous considérer mutuellement comme des écrivains. Le train file à deux cents à l'heure parmi les campagnes de Bourgogne ; beaux et lointains villages, derrière les vitres haute sécurité. Nous causons, émettons quelques éclats de rire, divers signes de connivence qui marquent notre appartenance au monde des lettres françaises. Quelques-uns sortent des livres, des dossiers, des stylos et font semblant de travailler.

Arrivés à destination, nous grimpons l'un derrière l'autre dans un autocar stationné devant la gare. Le véhicule traverse les rues étroites de la ville puis stationne sur un parking, devant le palais des expositions. Nous descendons à la queue leu leu, précédés par notre sympathique animateur qui nous entraîne vers ce hangar en panneaux préfabriqués. Le bâtiment est orné pour l'occasion de ban-

deroles dédiées à la «Douzième foire du livre».
Nous entrons sous les néons, dans un tumulte
de centre commercial. Aux stands s'entassent des
dizaines d'autres écrivains, attablés derrière leurs
piles de livres. Des curieux circulent d'un présen-
toir à l'autre. Suspendus au plafond, les sigles des
vieilles maisons d'édition désignent chaque rayon-
nage comme une marque d'électroménager.

Cette fête figure parmi les principales anima-
tions de la saison. Le livre est à la mode; mais les
clients, sceptiques, considèrent les visages autant
que les ouvrages. Les travaux de dédicace s'avèrent
parfois pénibles. La vente est difficile. Chaque
volume acheté par un lecteur est une aubaine. Assis
derrière ma table, trônant sur mon œuvre à trois
cents francs le kilo, je recours aux techniques du
petit commerce, souris aux dames, vante ma mar-
chandise en ironisant, ce qui me vaut parfois d'ho-
norables résultats.

L'après-midi est chaud. Une foule compacte de
parents, d'enfants, de vieillards se presse dans les
allées, mêlée à une poignée d'intellectuels locaux.
Quelques écrivains régionaux vendent des récits du
terroir et feignent d'ignorer les écrivains parisiens.
Amplifié par les enceintes acoustiques, un animateur
lit des poèmes, diffuse des interviews d'écrivains.
Assis derrière leurs tables, légèrement moqueurs,
les romanciers d'avant-garde, les membres de jurys
littéraires s'affichent comme les autres devant
un public sévère. Face à la clientèle, ils se rappro-

chent dans des accès de fraternité, ironisent
en aparté tels les membres d'une tribu égarés dans
une autre tribu. Mais ils comptent secrètement
leurs exemplaires vendus, chacun espérant battre
son voisin. Seuls ceux qui ne vendent absolument
rien s'autorisent à mépriser définitivement tous les
autres.

Une handicapée apparaît dans l'allée centrale.
Poussée par un homme, affalée sur sa chaise roulante, cette paralytique obèse trace son sillage, en
repoussant brutalement la foule. Monstre moustachu, mi-femme mi-bête, elle porte sur ses genoux
un roquet qui jette aux écrivains des aboiements
furieux. Trônant dans sa voiture à deux roues, la
malade glisse, arrogante, parmi les représentants
de l'élite littéraire. Elle passe comme une reine,
accorde ici ou là un œil à ceux qui l'intéressent.
Elle ordonne à son chauffeur de freiner, feuillette
un recueil de poèmes, le repose de travers, l'air
dégoûté, puis redémarre. Levant son regard d'ogresse
depuis une pile de romans jusqu'au noble visage
d'un académicien gâteux, la grosse femme hésite
un instant, scrute le patriarche comme une viande
avariée, puis elle articule fortement à l'intention de
son pilote : « NON ! », avant de s'enfoncer plus loin.

À sa suite bondissent, dans les allées, les enfants
des écoles. Entraînés par leurs instituteurs, des écoliers envahissent le salon, piaillant, souriant, ques-
tionnant, pleins d'amour, mais dépourvus d'argent
pour acheter le moindre volume. Incités à interro-

ger les auteurs en vue d'une prochaine rédaction, ils procèdent à des interviews, des sondages, récoltent des dédicaces sur leurs cahiers d'écoliers. Un instant, les écrivains s'accrochent à ce public de substitution ; puis ils se lassent et refusent de signer, agacés par ce faux succès, cette reconnaissance vague qui concerne leur profession mais pas eux, personnellement.

Au fil de la journée, les espoirs diminuent. Après quelques heures d'attente derrière leur table, les gloires de Saint-Germain-des-Prés se résignent, se relâchent, sortent fumer des cigarettes, abandonnent leur poste... S'accaparant les faveurs de la foule, quelques auteurs vedettes — hommes politiques, acteurs, chefs d'entreprise — vendent leurs livres de souvenirs par cartons entiers. Choyées par les notables locaux, les stars télévisuelles débitent leurs Mémoires, triomphent, bavardent, improvisent rapidement des dédicaces, sous les regards consternés des *vrais écrivains*. Heureusement, en fin de journée, les organisateurs du salon font le tour des stands, et achètent quelques livres à ceux qui n'ont rien vendu.

De rares teenagers passent en groupes, désinvoltes, pressés de retourner à leurs mobylettes. Les amateurs de littérature sont plus souvent des femmes mûres, professeurs, infirmières, à la recherche de récits tristes. J'ai un certain succès avec les femmes légères ; malheureusement, c'est une grosse fille de mon âge qui vient à présent se poster devant moi.

Elle est laide, boutonneuse, vêtue d'un anorak. Elle fume une cigarette et feuillette mes livres, sceptique, en laissant tomber sa cendre. Elle disparaît, revient, repart, revient plusieurs fois et m'observe avec une grimace. Au début, je suis aimable ; je tente de nouer la conversation, espérant qu'elle va acheter. Mais elle continue à feuilleter, écorne les pages, laisse traîner ses doigts graisseux, fait sentir qu'elle me trouve médiocre.

Soudain, elle me fixe dans les yeux. Son regard *d'égal à égal* me glace. Moi qui régnais derrière ma table de jeune écrivain, je me sens ridicule. La fille m'observe comme un prétentieux et prononce soudain :

— Comment t'as fait pour te faire éditer ?

Un peu honteux, je jure que j'ai donné mon manuscrit à des éditeurs. Elle me regarde, méprisante, et grogne :

— Paraît qu'y faut être pistonné…

C'est la rentrée des classes. Je suis dans une cour d'école plantée de marronniers. Nous ne nous connaissons pas encore, mais cette fille ne m'aime pas et elle me le dit…

Elle se penche vers le sol, disparaît un instant derrière la table, fouille dans une sacoche puis resurgit, munie d'un manuscrit, et m'informe qu'il a été refusé par douze maisons d'éditions. Elle semble m'en vouloir personnellement. Censurée dans sa parole, elle me désigne, moi, le novice, pour endosser la culpabilité du milieu littéraire à son égard.

Elle me trouve moche. Elle ne peut comprendre que je sois là, *à sa place*.

(HIVER)

Manger des petits pois en écoutant les ondes courtes. Jeter une bûche dans le fourneau. Regarder les flocons tomber par la fenêtre.

Depuis quelques jours, le sol a blanchi autour de la maison. Le paysage s'est arrondi en vagues douces et silencieuses d'où émerge le manteau de sapins. J'entrouvre la porte et m'avance sur la terrasse, dans l'air glacé ; je regarde les arcs des montagnes qui s'entrecoupent au lointain, la forêt bleue plantée dans une mer d'ouate ; j'entends les cris rares de quelques oiseaux. Je retourne m'asseoir près du fourneau.

Hier, à la nuit tombante, j'ai traversé le cimetière où les croix surgissaient de la neige comme des spectres silencieux, bercés par les grelots du torrent. À l'entrée du presbytère, j'ai tiré la poignée rouillée d'une sonnette. Quelques instants plus tard, la porte s'est ouverte sur un vieillard de quatre-vingts ans à grande barbe grise. Sur sa poitrine étaient épinglés une croix d'ecclésiastique et un badge de l'office de tourisme : « Les Vosges, c'est sympa ». Les vieux curés tâchent d'avoir l'air jeune. Il m'a fait entrer pour boire l'apéritif. Dans le vestibule s'entassaient des piles de journaux religieux, quotidiens et périodiques traitant de l'actualité catholique depuis un demi-siècle; et aussi des entassements de croix, de bougeoirs, de missels, de soutanes brodées; toutes sortes d'ornements ecclésiastiques périmés.

Quelques chaussettes mouillées, accrochées à des pinces à linge, pendaient au-dessus du réchaud de la cuisine. Un missel, un calice et un ostensoir étaient posés sur une petite table, près de l'évier. Faute de paroissiens, le curé dit la messe chez lui, les jours de semaine. Un œil sur la casserole en train de mijoter, il accomplit ses invocations; il répète un sermon, répond au téléphone au milieu du *Sanctus*; puis, saisi par une légère culpabilité, il achève l'eucharistie avec une vraie dévotion.

Nous avons pris la direction de l'auberge, en traversant de nouveau le cimetière. « Un emplacement recherché », précise le curé. Sa paroisse fait fureur pour les mariages et les enterrements. Les dimanches de printemps, on accourt des villes voisines pour s'épouser dans un décor d'autrefois. À l'approche de la mort, beaucoup de citadins et de banlieusards rêvent d'une tombe au creux des montagnes. Les concessions sont prises d'assaut. Le marché des caveaux flambe. Le maire doit prendre des mesures, refuser les corps étrangers.

Il faisait nuit. Nos pas crissaient dans la neige glacée. Des congères s'étaient formées sur la chaussée. Les véhicules de l'Équipement n'avaient pas encore déversé des tonnes de phosphate sur la chaussée.

Nous avancions vers le village, éclairés par la pleine lune. Un instant, je me persuadai que cet homme, à cause de sa barbe blanche, possédait un profond savoir. Je lui posais des questions ; il me répondait des histoires de clochers, mêlées de banalités télévisuelles sur le chômage, le tiers-monde, le droit des femmes. Au milieu de la route, coupée par la neige, nos voix résonnaient dans l'air glacé. Sur ce chemin enseveli, à l'ombre des fermes transformées en résidences secondaires, le temps, ce soir, retrouvait l'esprit de l'hiver. Une vieille saison montagnarde imprégnait les formes, les sons, les distances, les odeurs, et donnait un sens éternel à notre marche dans la nuit claire.

(DIGESTION)

À moitié ivre, je pousse la porte de l'établissement.

Un employé, derrière la caisse, me tend une clef, une serviette blanche et une assiette en carton. Le dimanche après-midi, une collation est comprise dans le prix du ticket :

— On vous appellera tout à l'heure, pour la pizza, précise-t-il.

Je m'avance dans un couloir sombre. De part et d'autre s'alignent des cabines minuscules. Le numéro de ma clef correspond à l'une des portes. Chaque cellule est éclairée par un tube au néon, meublée d'un matelas étroit, d'un portemanteau et d'une tablette, où sont disposés un préservatif gratuit et des essuie-tout.

Je ferme le verrou, j'ôte mon pantalon, ma chemise, mes sous-vêtements que j'accroche méticuleusement. J'hésite un instant; je crois que l'usage est de nouer la serviette blanche autour de sa taille. Puis, tel un explorateur, j'ouvre la porte de la chambrette et me glisse dans le couloir, la clef accrochée par un élastique à mon poignet.

Au plafond courent des tuyaux de chauffage et d'aération. Dans l'atmosphère obscure et moite du labyrinthe, je croise d'abord un homme bedonnant, torse velu, qui déambule en sens inverse, serviette pareillement nouée autour de la taille. Il me jette un regard à travers ses lunettes, ralentit légèrement. Indifférent, je poursuis mon chemin. Au premier tournant surgit un grand jeune homme, cheveux ras, bouche entrouverte, qui se précipite à la poursuite d'une proie invisible. Plus loin, un moustachu nerveux suit une créature aux longs cheveux. Après quelques tours, j'adopte le rythme des autres et nous déambulons tous ensemble, les uns derrière les autres, retrouvant à chaque carrefour ceux que nous avons laissés au couloir précédent. La familiarité qui se noue, tour après tour, rend de plus en plus improbable la consommation d'un acte sexuel sauvage.

Les couloirs composent une variété d'itinéraires monotones le long des cabines ouvertes ou fermées.

Derrière certaines portes entrouvertes, des corps sont assis dans l'ombre, sur leur matelas. La serviette à moitié dénouée, ils semblent convier les passants à l'assaut. Mais lorsqu'un baiseur postulant s'immobilise dans l'embrasure de la porte, l'occupant de la cellule, après l'avoir dévisagé, finit généralement par baisser la tête, signifiant au visiteur qu'il n'est pas son genre. L'intrus reprend sa marche, dans l'espoir d'une rencontre érotique plus favorable.

Dans plusieurs coins salons, des clients, affalés dans des fauteuils, regardent placidement une vidéo porno. Ailleurs, sous un néon, quelques fresques figurent des rivages méditerranéens. On trouve également une piscine au rez-de-chaussée et, au premier étage, une véritable salle de *sauna* (la raison sociale de l'établissement). Le contingent est régulièrement renouvelé, tandis que les plus anciens se lassent et s'en vont. On entend parfois un gémissement d'extase. Peu après, une cabine se libère et le client rentre chez lui, heureux ou mélancolique. Dès qu'il a rendu sa clef, la cellule est nettoyée par l'homme de ménage, unique individu habillé de cet établissement, qu'on croise de temps à autre, sa bonbonne d'eau de Javel à la main.

Au début, la promenade paraît monotone et fastidieuse. Mais avec l'habitude, je finis par la trouver amusante. Pour la vingtième fois, j'arpente la même allée où je reconnais un ancien, que je salue d'un sourire complice. Un éphèbe blond, le regard vapo-

135

reux, me jette une œillade lasse, et poursuit son itinéraire. Soudain, dans le couloir situé près des toilettes, surgit une chaise roulante à moteur qui
transporte un handicapé, tout nu. Torse musclé,
jambes chétives, il porte, comme les autres, une serviette blanche négligemment posée sur le pubis.
Affalé dans son engin mécanique, la main gauche
crispée sur ses commandes, il appuie sur un bouton
pour accélérer sa machine, à la poursuite d'un corps
excitant. La chaise amorce un virage et disparaît
dans le couloir.

Vers dix-sept heures, une voix retentit dans les
haut-parleurs. Le speaker annonce :

— La pizza est servie. Vous pouvez venir au
guichet. N'oubliez pas vos assiettes en carton.

Aussitôt dit, aussitôt fait. La plupart des clients
retournent dans leur cabine d'où ils ressortent
munis de leur récipient. Puis ils se rassemblent à
l'emplacement prévu pour la collation incluse dans
le prix du ticket. Debout l'un derrière l'autre,
longue file de corps nus, serviettes nouées autour
de la taille, ils échangent des impressions, se relâchent. L'un après l'autre, ils tendent leur assiette.
Le bras d'un employé apparaît et disparaît par une
ouverture dans le mur et sert, à chacun, sa part de
pizza chaude. Après quoi les corps nus vont s'asseoir près de la piscine et dégustent lentement la
nourriture avant de reprendre leur chasse.

En tenue de gala, je cours jusqu'à l'avenue Victor-Hugo où commence, dans une demi-heure, la réception de la fondation Richelieu. La soirée s'ouvre par un petit concert dont j'ai établi le programme (je suis «conseiller artistique» de la fondation). Ce soir, un duo piano violon joue la *Première sonate* de Prokofiev.

La fête se déroule entre cour et jardin, dans le vieil hôtel particulier où la princesse de Richelieu organisait, au début du siècle, ses «lundis poétiques». J'entre dans le hall, grimpe le large escalier de marbre puis me dirige vers la salle de réception où résonnent des accords de piano. Les musiciens finissent de répéter. Je les salue, m'assure que tout va bien. Nous discutons sous les dorures quand surgit la secrétaire de la fondation, furieuse :

— Ne restez pas comme ça. Les invités vont arriver. Partez! Partez!

Telle une intendante d'autrefois, elle envoie sans ménagement le pianiste et le violoniste enfiler leur frac, tandis que j'élève la voix :

— Vous parlez à de grands artistes. Un peu de respect, quand même!

À vingt heures trente, les premiers invités gravissent péniblement l'escalier de marbre. Très âgés pour la plupart, ils s'arrêtent à mi-pente et reprennent leur souffle, en évaluant le nombre de marches jusqu'au premier étage. Ambassadeurs en retraite, membres de l'Institut, commandeurs de la Légion d'honneur, cardinaux séniles forment l'ordinaire de la fondation Richelieu. Des princes cacochymes tiennent par le bras des duchesses gâteuses. Quelques comtesses liftées, entre deux âges, portent des robes de grands couturiers trop jeunes pour elles, des jupes noires échancrées au-dessus des genoux qui font ressortir la flétrissure de leurs corps. Les notables sont placés aux rangs réservés ; la secrétaire les installe avec dévotion. Les invités occasionnels sans titre ni particule se serrent sur des chaises au fond de la salle. Excités par le vieux spectacle des privilèges, ils observent les rituels de la maison.

Le président de la fondation entre le dernier. Ancien ministre hautain, il s'avance, léger sourire radical-socialiste. Il est accompagné d'une vedette du petit écran, animatrice de débats télévisés. Plusieurs duchesses ont un mouvement du cou. L'une d'elles hurle à l'oreille sa voisine :

— Qui c'est, celle-là ?

Je grimpe sur scène pour présenter le programme. Un peu gêné par le smoking trop ample et les chaussures vernies empruntés pour l'occasion, je tapote sur le micro. Le silence se fait dans la salle et j'accomplis mon devoir, en m'efforçant de bien prononcer. Une anecdote sur les manies de Prokofiev me vaut les sourires d'un membre de l'académie des Sciences, à longue chevelure blanche. La bonne humeur se répand et je souhaite à tous une bonne soirée avant de regagner ma place.

Les artistes entrent sous les applaudissements. La musique commence. Dès les premières mesures, plusieurs vieillards s'endorment dans leur fauteuil. Un égyptologue centenaire semble déjà momifié. D'autres, seulement évanouis, aspirent faiblement l'air par la bouche, comme des poissons malades à la surface de l'eau. Des sonotones sifflent par intermittence. Les fresques, au plafond, représentent la princesse de Richelieu au milieu d'une forêt enchantée : lianes, lions, singes... Réveillé par le second mouvement — *Allegro brusco* —, un sénateur se dresse dans un demi-coma et pose des questions à voix haute à son épouse qui n'entend pas. Des ombres s'agitent dans l'obscurité. Au milieu du silence recueilli de l'*Adagio*, une dame agite longuement ses bracelets. Elle s'ennuie. Il fait chaud.

Entre les mouvements, puis à la fin du morceau, le public applaudit longuement. Ma voisine trouve Prokofiev trop « moderne » ; elle préfère Chopin. Ce salon n'est plus d'avant-garde. Les artistes saluent. Tout au fond, les invités occasionnels tendent la tête pour apercevoir quelque chose. Puis, soudain, comme une bourrasque, le public se lève, se précipite en masse vers le buffet afin de boire du champagne en dévorant les petits-fours. Les duchesses sont les plus rapides et bloquent bientôt toutes les tables. Elles se gavent à pleines mains de toasts au foie gras, de petits pains tièdes, de tartelettes salées.

Dans l'euphorie générale de la beuverie chic, quelques convives me félicitent pour l'organisation. Errant dans la foule, je tombe face à une amie d'enfance, invitée par sa tante qui connaît un membre de l'Institut. Cadre commercial dans une boîte de cosmétiques, chrétienne et célibataire, elle me parle longuement de l'animatrice de télé présente ce soir. Elles viennent de bavarder ensemble, quelques minutes :

— C'est une femme vraiment simple, très sympa, en fait…

Un monsieur chic en veste blanche, nœud papillon, la soixantaine, se tourne vers nous, sa coupe à la main. Il sourit largement et approuve en affirmant, telle une vérité scientifique :

— C'est l'une des deux ou trois plus belles femmes de Paris.

Content de son analyse, il dirige son regard vers son épouse qui a un grand nez et répète :

— L'une des deux ou trois plus belles femmes de Paris.

(DANS LE SOUTERRAIN)

Les murs sont couverts de tags. Trois jeunes zonards boivent sur un banc de plastique, cheveux colorés, teint livide, complètement ivres dans la fausse lumière du sous-sol. Deux vigiles blacks arpentent le quai ; leurs chiens-loups portent des muselières. L'agent de surface arabe, qui balaie calmement la station, fait presque figure de privilégié.

Gare du Nord. RER. Ambiance de crépuscule, ambiance de n'importe où. Je lis le journal en attendant le train. Une rame s'arrête. Des policiers descendent, entraînant un Africain sans ménagement. J'entre dans le wagon. Deux filles blanches, assises sur la banquette, commentent le coin :

— Avant, à La Défense, c'était pire que ça. Maintenant à La Défense, ça craint plus. Sauf au niveau du cinéma…

Avant que le train ne reparte, les deux filles regardent les vigiles qui leur font des sourires en arpentant le quai. Ils s'arrêtent devant la rame entrouverte. Les filles s'adressent à eux, leur parlent en plaisantant, racontent qu'elles sortent le samedi soir dans une boîte de Saint-Cloud. Les Blacks ont l'air contents ; ils répètent le nom du night-club. Les filles leur donnent l'adresse. Deux midinettes, dans le RER, invitent en se moquant deux vigiles accompagnés de chiens-loups :

— Là-bas, le week-end, c'est la fête !

6

Comme au cinéma

Glissé dans le faire-part, un plan photocopié indiquait différents chemins pour se rendre à la messe, puis au dîner. Lionel s'excusa de ne pouvoir venir qu'au dîner. Le jour venu, il prit le train jusqu'à la gare la plus proche. Il grimpa dans un taxi qui suivit une route sinueuse le long d'une rivière, puis s'enfonça dans la forêt. À la sortie des bois, le chauffeur désigna un château dressé sur le coteau dominant la vallée : une folie bourgeoise du XIXᵉ siècle, reconvertie en hôtel-restaurant pour fêtes de famille et séminaires d'entreprise.

À l'entrée du domaine, l'allée bitumée ornée de statues vermoulues conservait l'illusion d'un parc ; le reste des jardins était transformé en parking. Lionel paya le taxi. Autour de lui, des hommes costumés, des femmes coiffées de chapeaux sortaient de voitures chères de grande série — modèles à injection, couleurs sombres, signaux d'alarme. Ils s'avançaient dans le vent printanier et l'euphorie du mariage. Les conversations se rapportaient aux affaires, aux enfants, aux études, aux vacances… À l'entrée du château, les jeunes époux, en redingote et robe blanche, accueillaient les invités. Lionel embrassa son oncle et sa tante, les parents du marié, déguisés en châtelain et en châtelaine. Coiffé d'un chapeau haut de forme, l'oncle Jean fumait un cigare en prenant des airs de hobereau.

Un cocktail précédait le dîner. Les invités se massaient dans le salon, ouvert par des baies vitrées au-dessus de la rivière. Lionel salua plusieurs cousins qui le trouvèrent en pleine forme, ce qui le rassura. À trente et un ans, sa tenue de bohème attardée — un jean négligé et un tee-shirt portant en grandes lettres le slogan : « Ne travaillez jamais » — éveillait plutôt l'inquiétude ; mais ce soir, tout le monde s'en amusait. Des mots jaillissaient autour de lui, des phrases pleines de golf, ski, voiture, télévision, famille, politique… Le député de la circonscription, un ami de la famille, discutait avec un industriel. Lionel songea que ce notable régional versé dans la culture — et qu'il connaissait depuis son enfance — avait certainement lu l'important article sur son court-métrage publié le mois précédent dans un journal local. Il s'arrangea pour passer et repasser plusieurs fois devant lui, espérant une flatterie et peut-être une commande. Tournant la tête vers lui, le député le reconnut et lança, bienveillant :

— Ça va, l'artiste ? Toujours dans la musique ?

Puis il se retourna vers l'industriel.

Lionel se sentit honteux. Il se resservit une coupe, blessé. Hier, Paris le consacrait ; il venait d'obtenir le prix Monoprix du meilleur court-métrage : un concours professionnel, financé par la chaîne de grands magasins. Aujourd'hui, la province l'ignorait : « L'artiste ! » Que serait la France sans artistes ? Parlait-on ainsi à Renoir, à Rivette, à Resnais ? Lionel, abattu, se replia sur un oncle plus modeste, ancien prêtre reconverti dans le militantisme ouvrier. Ils burent du champagne.

Pour dîner, on avait placé à sa gauche une fille à marier et, tout autour de la table, d'autres gens de sa génération exerçant diverses activités. Fabrice, un lointain cousin du même âge, se tenait à sa droite et ils engagèrent la conversation. Cadre dans une boîte d'informatique, Fabrice expliqua son job avant de s'intéresser à celui de Lionel :

— Tu fais toujours du cinéma ?

Pourquoi « toujours » ? Lionel entendit, dans ce mot, un vœu plus ou moins conscient que cela s'arrête ; un appel de sa famille exprimé involontairement. Piqué une seconde fois dans son orgueil, il s'efforça d'expliquer que non seulement il faisait *toujours* du cinéma mais que, de plus, *à Paris*, il était un homme en vue, ami de plusieurs vedettes dont il cita les noms. Il venait d'ailleurs d'obtenir le prix Monoprix. Fabrice sourit :

— Super ! Ça rapporte combien ?

Lionel multiplia plusieurs fois le chiffre réel et annonça la somme de « 80 000 francs ». Pour brouiller les pistes, il se lança dans un vaste exposé sur les mécanismes financiers de la production, le système de l'avance sur recette, les millions en jeu dans son prochain projet. Ajoutant qu'il payait trop d'impôts, il perçut, dans le regard de Fabrice, un sentiment de solidarité. L'impression négative s'évaporait. L'autre voulait croire à ses ennuis fiscaux, donc à sa réussite.

Lionel, en fait, gagnait convenablement sa vie grâce à un job de photographe pour les écoles de la Ville de Paris. Chaque année, dans les maternelles et les cours primaires, il tirait le portrait de plusieurs milliers d'enfants. Mais il n'en parlait guère et cultivait son image de cinéaste prometteur.

Élargissant la conversation, il questionna à son tour la femme de Fabrice, déjà mère de deux enfants, qui s'intéressait au cinéma. Lionel sentit qu'elle l'inviterait prochainement à dîner. Les plats se succédaient lentement. Du saumon. Du bœuf avec une sauce. La fille à marier, à sa gauche, mâchait silencieusement avec des sourires gênés. En face se tenait le jeune prêtre qui avait célébré le mariage; de l'autre côté, un couple de jeunes médecins. Les mariés avaient voulu composer une table de gens de trente ans; mais Lionel trouvait son âge ridicule, loin de la vraie jeunesse comme de la noble vieillesse. On n'en était qu'au plat de résistance. Certains étaient pour l'Europe, d'autres contre. Il essaya d'exposer quelques idées originales qui s'avérèrent aussi creuses que les théories adverses. Le médecin était de gauche. Les autres de droite. Il fut question de récession, de crise, de chômage, de Chirac, de Rocard, de Jospin, de Juppé…

Entre la salade et le fromage, le jeune prêtre demanda à Lionel son avis sur le festival de Cannes, le cinéma français. Parlant sur le ton du professionnel informé, le jeune cinéaste se sentait intérieurement fatigué ; soudain il s'excusa, se leva et quitta la salle à manger pour faire quelques pas dehors. Il avait besoin de se livrer, seul, à une occupation vraie ; prendre un peu d'air frais, griller une cigarette.

Il sortit devant le château tandis qu'à l'intérieur commençait une valse de Strauss. Les invités allaient danser. Assis sur un muret, Lionel croyait avoir trouvé un moment de quiétude, lorsqu'il vit une ombre s'approcher vers lui, depuis le parking. C'était l'oncle Jean, muni de son caméscope. Le père du marié portait son chapeau haut de forme de travers et ses yeux brillaient. Ivre, il avançait en habit de cérémonie, le visage empreint d'un large sourire. Il scrutait Lionel presque tendrement, avec une complicité de vieil oncle copain. Approchant du muret, il souleva la caméra, appuya son œil contre l'objectif et commença à filmer son neveu en commentant :

— Voici maintenant notre cher Lionel, un neveu cinéaste…

Lionel se sentait gêné. L'oncle progressait en filmant, citait à voix haute Hitchcok, Fellini, tout en braquant la vidéo sur sa proie qu'il questionnait en direct :

— Ta mère nous a dit que tu venais d'avoir le prix Monoprix. Peux-tu nous expliquer en quoi cela consiste ?

Cette interview était grotesque. Mal à l'aise devant la caméra amateur, Lionel se masqua le visage d'une main. Puis, comme son oncle insistait, il accorda un sourire nerveux au caméscope, chercha une phrase, n'en trouva aucune. Pour ne pas rester idiot, il se crut obligé de répondre et prononça sérieusement, après quelques bégaiements :

— C'est un prix décerné à un cinéaste professionnel. Un prix assez réputé dans le milieu…

Un silence passa. L'oncle Jean poursuivit :

— Parle-nous de ta vie. Ce sont toujours les petits boulots qui te font vivre ?

Lionel n'arrivait plus à articuler un mot. Il cherchait une plaisanterie mais n'en trouvait pas, tandis que son oncle concluait :

— Merci, Lionel !

Le cinéaste demeura seul, piégé, idiot, affligé par son manque de repartie. Il se leva piteusement pour regagner la salle à manger. Par les fenêtres ouvertes résonnait la valse de Strauss, accompagnée par une boîte à rythme. Au milieu de la piste déserte, le marié en redingote tentait de valser avec sa mère. Raides comme des piquets, ils piétinaient maladroitement, pataugeaient dans *Le Danube bleu* sous le regard des convives. La disco battait une mesure à quatre temps. Des êtres mangeaient, buvaient, parlaient, riaient, criaient. Tout cela se passait dans un faux château, à cent cinquante kilomètres de Paris.

Lionel n'a qu'une idée : partir. Trouver une voiture qui le reconduira chez lui. Il prévient le marié que si quelqu'un reprend la route, ce soir, cela l'arrangerait. L'espoir est mince. Lionel voudrait rentrer, regarder un film, traîner dans une boîte de nuit minable, sur un quai de métro, n'importe où... Pour passer le temps, il boit du champagne. Tandis que les convives enchaînent rocks et danses à la queue leu leu, la mariée s'approche et lui demande :

— C'est toi qui cherchais une voiture ? J'ai deux copines de boulot qui rentrent à Paris. Elles peuvent te ramener, si tu veux.

Son doigt désigne, au milieu de la foule suante, deux jeunes femmes d'une trentaine d'années, en train de se déhancher et de hurler sur une musique antillaise. La plus grande porte une robe échancrée, entourée de rubans multicolores qui rebondissent au rythme de ses seins. La plus petite est en jupe moulante ; corsage auréolé de transpiration, visage en nage. Elles s'éclatent, se trémoussent avec des gestes obscènes, face à d'autres garçons de trente ans, cravatés et bedonnants, qui poussent des râles.

Lionel hésite mais l'heure tourne ; une voiture pour Paris ne saurait être négligée. Profitant d'une pause entre deux morceaux de musique, il se glisse vers les jeunes femmes qui reprennent leur respiration. Il se présente : le-cousin-du-marié-qui-cherche-une-auto-pour-Paris… La plus grande lui accorde un sourire mais la petite lance un regard mauvais. Pourquoi n'a-t-il pas de voiture ? Lionel se sent minable. Les yeux de la jeune femme le toisent, s'arrêtent avec dégoût sur son jean et son tee-shirt, puis elle lance :

— On te préviendra quand on partira. Sois prêt, parce que j'attendrai pas !

Visiblement, c'est elle qui commande. La danse reprend et les deux copines recommencent à s'agiter parmi les célibataires en chaleur et les vieillards à la recherche d'excitation. Fabrice et sa femme se tapent les fesses en rythme ; de vieilles mères contemplent leur progéniture avec un sourire attendri. Lionel admet que ses soirées d'artiste ne valent pas toujours beaucoup mieux. Voyant l'heure du départ approcher, il commence même à trouver ce spectacle distrayant. Tout en attendant ses pilotes, il reprend une coupe de champagne et va dire au revoir aux invités, gagné par une soudaine bonne humeur.

Un quart d'heure plus tard, les deux filles quittent la piste de danse Défaites, visages dégoulinants, vêtements froissés, démarche pantelante, elles s'avancent vers la sortie du château et l'allée du parc ou le jeune cinéaste les suit, discret mais résolu.

En approchant de leur voiture — une petite voiture moderne pour gens de trente ans —, Lionel réalise avec inquiétude que les filles sont complètement ivres. Marchant entre les buissons, loin des enceintes acoustiques, elles chantent en se tenant par l'épaule sur le refrain qui résonne par les fenêtres du château. La plus petite lance des cris dans l'air humide ; puis elle change subitement d'idée, commence à chercher ses clefs dans son sac. Elle met un certain temps avant de les trouver, s'énerve. Soudain, dans la fraîcheur du parc, elle se retourne vers son passager, le dévisage à nouveau et lâche sèchement :

— Ah, t'es là, toi ? J'avais oublié.

Lionel s'excuse, répond que ce n'est pas grave, qu'on ne s'occupe pas de lui. Elle annonce qu'elle doit changer de vêtements pour prendre la route, impossible de conduire avec cette jupe serrée, elle va enfiler un pantalon. Les yeux brillants, elle commande au garçon :

— Ne regarde pas, retourne-toi.

Lionel n'a aucune envie de voir ce spectacle, mais l'injonction de la fille le rend obscène malgré lui. Obéissant, il se retourne face au talus. La conductrice, au milieu du parking, ôte sa jupe et enfile son pantalon en répétant plusieurs fois :

— Te retourne pas, hein ! C'est pas pour toi.

Les deux filles rigolent. Elles sont saoules. La

route sera dangereuse. Subir ces harpies pendant une heure ne fait pas peur à Lionel ; mais il n'aimerait pas finir dans une chaise roulante. Regagner le château ? Il n'en peut plus. Il voudrait voir Paris, sa maison, son lit. Lionel s'engouffre à l'arrière de l'auto qui démarre dans la nuit brumeuse.

Une route escarpée descend vers la vallée. Discrètement replié sur la banquette arrière, le passager espère que ces jeunes femmes vont faire preuve, au volant, d'un certain *self-control* ; que l'ébriété cessera à l'instant où tournera la clef de contact. Au contraire, l'hystérie alcoolique redouble avec le mouvement de la voiture qui dévale, à cent à l'heure, le chemin et ses tournants, manquant plusieurs fois de sombrer dans le fossé :

— Mets la musique, j'ai envie de chanter, ordonne la petite à la grande… Cherche la cassette de Patrick Bruel.

La grande trouve la cassette et l'enfonce dans la fente. Le chanteur commence à gueuler son désespoir. Concert public, foule hurlante. L'auto roule au bord de la rivière. Le texte évoque les premières amours, les ambitions déçues de l'adolescence. Le refrain scande : « T'as raté ta vie ! » Patrick Bruel pleure, geint ; la foule hurle et reprend en chœur : « T'as raté ta vie ! »

La conductrice trouve que ce n'est pas assez fort et monte le son. Sonorisation maximale. Les haut-parleurs se trouvent juste derrière Lionel qui subit intensément chacun des sentiments exprimés par la voix amplifiée La voiture fonce sur la nationale à cent cinquante à l'heure. L'effet du champagne rend toutefois le passager légèrement euphorique. À l'avant, les deux filles fument cigarette sur cigarette et chantent avec la musique :

— «... Et toi François, et toi Sophie, as-tu réussi ton pari ? »

Elles bougent, dansent autour du volant, tandis que la voiture tangue vers bâbord et tribord. Tenant son volant d'une main, la conductrice ôte encore sa veste et accélère soudain, les bras mi-nus, tandis que Lionel se crispe à l'arrière. Il scrute la route à chaque tournant, les phares d'une voiture qui va leur rentrer dedans. Cette fille est dingue. Il n'ose demander de ralentir. Elle en profiterait pour appuyer plus fort sur le champignon. Cent cinquante, cent soixante... Un instant, Lionel songe à descendre là, en pleine route, au milieu de cette forêt, à continuer en auto-stop. Il n'a pas le courage.

« T'as raté ta vie, t'as raté ta vie... » chante la voix.

Sur l'autoroute, le compteur monte à cent quatre-vingts mais Lionel se sent en sécurité. Penché vers le siège avant, il hurle quelques questions aux demoiselles concernant leur vie, leur travail. Elles sont «conseil financier dans un cabinet de communication». Il tente d'en savoir plus. Que conseillent-elles ? Elles tapent des textes sur des machines, classent des papiers, répondent au téléphone. L'auto accélère dans la nuit en direction de Paris-Notre-Dame.

Les filles veulent encore écouter Patrick Bruel. Elles disent qu'il est génial, qu'il les rend folles. Elles discutent à nouveau entre elles, grillent d'autres cigarettes. La pilote demande à sa copilote de revenir en arrière sur la cassette, non, pas celui-ci, un peu plus loin, remonter en avant, oui, c'est ça, c'est bon, Patrick! Lorsque les coups de volant se font trop dangereux, la copilote s'inquiète un peu, mais elles sont tellement ivres qu'elles préfèrent chanter à tue-tête : « T'as raté ta vie… As-tu réussi ton pari ? »

La conductrice a décidément trop chaud. Tout en conduisant, elle ouvre largement son corsage sur un soutien-gorge de dentelle blanche.

— Ouf, ça va mieux! respire-t-elle.

Elle encourage sa copine :

— Fais comme moi, si tu as trop chaud!

Obéissante, l'autre dégrafe sa robe, tandis que Patrick Bruel entonne un rock accompagné par les applaudissements du public.

On approche de Paris. La circulation devient plus dense. Un petit bouchon se forme au péage automatique. Les deux filles fredonnent en chœur; leurs seins à moitié nus rebondissent avec la chanson. Une grosse voiture avance sur la rangée voisine. Soudain, une main s'agite derrière le pare-brise teinté, adressant un signe à Lionel. Tout en lorgnant les deux secrétaires, un homme moustachu tend son pouce pour féliciter le jeune homme. Il contemple les seins et semble envier Lionel qui, pour la première fois, se sent fort, adopte un visage dominateur et renvoie à l'homme un geste complice.

Les filles jettent la monnaie dans la corbeille, l'auto redémarre. L'autre voiture roule encore à côté d'eux. L'homme adresse un dernier signe sexuel d'encouragement à Lionel ; puis il accélère, les dépasse et disparaît.

Patrick Bruel entonne une chanson triste. Les deux filles semblent plus calmes. Leurs poitrines retombent et les voix se taisent dans une brume éthylique. Chacun ne pense à rien. La voiture fonce dans la nuit. Lionel regarde, à travers la vitre, le paysage monotone défiler sous la pleine lune : forêts, trous noirs, zones d'urbanisation, panneaux fluorescents signalant d'invisibles monuments, d'hypothétiques vestiges archéologiques.

Plongé dans l'obscurité de la voie rapide, seul dans la nuit où les phares avancent, perdu dans la soûlographie de cette voiture, il se laisse emporter. Comme au cinéma. Pas de règles, pas de but. Regarder le paysage. Se regarder les uns les autres, agir, trébucher, repartir. Se rappeler d'autres voyages, la tête collée contre le pare-brise d'une voiture ou d'un train. Être un voyageur sur une route, dans la nuit.

— J'ai envie de quelque chose…

Ce désir, soudain formulé par la conductrice, tire Lionel de sa rêverie. La cassette de Patrick Bruel s'est arrêtée. L'auto roule dans la région parisienne entre cités de banlieue, zones industrielles, centres commerciaux. Le cinéaste se réconforte à l'idée d'arriver bientôt, mais la conductrice répète, en insistant :

— J'ai envie de quelque chose…

À moitié endormie, sa copine entrouvre un œil :

— Qu'est-ce que tu dis ?

— Tu connais le *drive-in* ?

— C'est quoi ?

— Ça vient d'ouvrir, un peu plus loin, juste après l'échangeur. Tu sais, un *drive-in*, comme en Amérique : un cinéma en plein air, pour les bagnoles. Vingt-quatre heures sur vingt-quatre…

— Ah bon ?

— On y va ?

Surpris par cet imprévu, Lionel espère que l'autre va refuser. Elle semble épuisée. Il l'encourage mentalement à dire non, à rentrer dormir. Mais la grande, manipulée par la petite, ne tarde pas à céder. La conductrice appuie sur l'accélérateur en criant :

— Youpi ! Comme en Amérique…

Lionel n'a pas le choix ; patienter encore. Quelques instants plus tard, l'automobile franchit l'échangeur puis sort, par la voie de droite, sur l'aire autoroutière de la Roseraie. Le véhicule ralentit, longe une station-service, un supermarché, des toilettes publiques. Des panneaux lumineux le dirigent dans l'obscurité vers le nouveau *drive-in*, un parking installé à l'extrémité de l'aire, entouré d'une haie d'arbustes. Une barrière automatique commande l'entrée. Elle accepte uniquement les cartes de crédit. Les filles fouillent leurs sacs, ne trouvent pas, s'impatientent. La pilote demande à Lionel de prêter la sienne. Il espère encore retourner la situation en répondant qu'il n'en a pas. Cet aveu le fait baisser davantage dans l'estime de la chef qui ricane ; mais presque aussitôt, elle retrouve sa carte à puce. La barrière se lève et la voiture entre sur le parking.

Trois heures du matin. Une demi-douzaine d'autos suivent le spectacle, sur des emplacements délimités par des traits de peinture blanche. Des corps s'enlacent dans les voitures. Au fond se dresse un écran où défilent les images d'une comédie musicale en noir et blanc ; puis — sans transition — une séquence technicolor de *Rambo*, en pleine bataille dans un enfer moderne... La voiture se gare près d'une borne métallique, couronnée par un haut-parleur. La conductrice baisse sa vitre et laisse entrer le son. Une voix commente les extraits qui se succèdent sur l'écran : un film anthologie sur la légende du cinéma. John Travolta danse la fièvre du samedi soir. Puis Michèle Morgan embrasse Jean Gabin sur le quai des brumes... Les filles se calment à nouveau. Lionel s'intéresse un instant ; il voit avec plaisir passer Humphrey Bogart. Entre deux séquences, un commentateur apparaît à l'image et prend la parole, assis dans un fauteuil de réalisateur :

« Merci, Michèle Morgan, Jean Gabin, John Travolta, Humphrey Bogart ; merci pour ces instants magiques… »

Une autre voiture entre dans le parking et se gare sur l'emplacement voisin. Le présentateur poursuit :

« Quittons un instant Hollywood et sa légende, pour plonger dans l'autre face du Septième art : les gagne-petit, les éternels seconds, les destins ratés qui gravitent dans l'ombre des stars, en attendant leur jour qui n'arrive pas toujours… »

Drôle d'idée, songe Lionel. Il n'attendait pas, sur une aire d'autoroute, cette évocation des coulisses du cinéma. Le commentateur présente la séquence :

« Découvrons, par exemple, cette figure malheureuse qui s'acharne sans espoir, ce prétendant éconduit, drôle et pitoyable, de la légende cinématographique… »

Un changement d'éclairage annonce le nouvel extrait. Prostré sur la banquette arrière, Lionel voit grandir l'image, dans un effet de zoom maladroit. La caméra semble tenue par un personnage ivre. Pendant une fraction de seconde, le jeune homme ne comprend pas bien ce qu'il voit. Puis ses yeux s'écarquillent. Le film montre une silhouette assise sur un petit mur de pierre, devant un château. L'objectif progresse vers le personnage. On dirait…

Lionel ferme les yeux, respire profondément. Il ouvre à nouveau les paupières devant ce film qui grandit encore ; il se frotte les sourcils, mais en vain : car l'image de Lionel, *sa propre image*, occupe maintenant la moitié de l'écran, avec son jean négligé, son tee-shirt mal repassé portant le slogan : «Ne travaillez jamais», son corps de jeune vieux enlaidi par un mauvais caméscope. On entend la musique d'un bal de mariage. *Le beau Danube bleu.* Assis sur le muret, Lionel semble terrorisé. D'abord souriant, son visage se déforme dans une grimace honteuse, tandis que l'opérateur avance vers lui. La voix du commentateur explique :

«Lionel se prend pour un grand cinéaste ; mais il n'a jamais tourné aucun film ; sinon quelques courts-métrages pour des entreprises. Son unique récompense ? Un prix d'amateurs, décerné par une chaîne de grands magasins. Lionel devrait renoncer mais, grisé par la légende, il s'obstine. Faute d'admirateurs, il se fait interviewer par un membre de sa famille…»

Lionel reconnaît la voix de son oncle :

«Ta mère nous a dit que tu venais d'avoir le prix Monoprix. Peux-tu nous expliquer en quoi cela consiste ?»

Horriblement gêné, le personnage à l'écran se cache le visage de la main. Est-il intimidé ? Se prend-il pour une star poursuivie par les paparazzis? Poltron ou mythomane, il reste muet, accorde un sourire nerveux à la caméra, bégaie quelques mots incompréhensibles. Puis il finit par redresser la tête et prononce très sérieusement, comme un élève interrogé sur sa leçon :

« C'est un prix décerné à un cinéaste professionnel. Un prix assez réputé dans le milieu… »

Des éclats de rire fusent sur la bande-son ; rires de spectateurs devant un spectacle comique. Abasourdi, Lionel se tasse sur la banquette arrière. Curieusement, les deux filles ne s'occupent pas de lui. On dirait qu'elles l'ont oublié. La conductrice dit simplement à l'autre :

— Quel nul, ce type.

L'interviewer s'adresse au Lionel de l'écran :

« Parle-nous de ta vie. Ce sont toujours les petits boulots qui te font vivre ? »

On entend à nouveau des éclats de rire sur la bande-son. Le Lionel de l'écran demeure ahuri, minable, incapable d'articuler un mot. Celui de l'auto espère que c'est un cauchemar ; mais cette nuit, ces filles, ce parking sont bien réels. Lionel regarde l'auto garée sur l'emplacement voisin. Un conducteur suit le film derrière son pare-brise. Soudain, Lionel reconnaît l'homme qui faisait signe au péage, tout à l'heure, pour l'encourager. Assis derrière le volant de sa grosse cylindrée, le moustachu se tourne à nouveau vers lui, la lèvre moqueuse. Comme la première fois, il tend son bras. Mais au lieu du pouce dressé, en signe de complicité macho, il dirige son pouce vers le bas, tel un empereur romain refusant la grâce.

Luttant contre ces hallucinations, Lionel se retourne vers l'intérieur de sa voiture. Les visages des filles sont à présent braqués sur lui, furieux. Tournées vers la banquette arrière, la grande et la petite semblent extrêmement haineuses, comme s'il les avait trompées depuis le début, comme si elles venaient de découvrir le pot aux roses. Plus aucune compassion. Au contraire, la gentille donne maintenant raison à la méchante. Et c'est elle qui prononce la première :

— T'es vraiment nul !

L'autre, satisfaite, les yeux brillants, se met à crier :

— T'es vraiment nul ! Fous le camp…

Lionel n'est pas sûr d'avoir compris. Il prend peur. Les voix deviennent particulièrement agressives. Il se retourne vers le type, dans l'auto voisine, qui l'observe toujours en agitant son pouce vers le bas. La pilote hurle une seconde fois :

— Sors de la bagnole tout de suite !

Lionel est affolé. Il ne sait pas où aller. Il comprend qu'il doit obéir et bredouille :

— Oui, tout de suite…

Tremblant, il entrouvre la portière, sous les regards révulsés des deux secrétaires. Il pose un pied sur le parking, manque de se casser la figure. Au-dessus de lui, sur le grand écran, une nouvelle séquence a commencé :

«Après les minables du cinéma, retournons vers le monde du fantastique et de la légende.»

Le projecteur diffuse un film de Walt Disney. Seul sur le parking, Lionel s'éloigne du véhicule à reculons. La grande fille le braque toujours méchamment, tandis que la petite baisse sa vitre vers la grosse voiture et s'adresse à l'homme moustachu :

— Quel minable, ce type!

— Comment vous appelez-vous! susurre une voix de macho

— Sandrine. Et vous?

Lionel voudrait partir loin d'ici, voir le jour se lever. Il rejoint en titubant le fond du *drive-in*, franchit la haie d'arbustes près de l'écran, il se retrouve dans un petit bois à demi éclairé par la lumière du cinéma. Le sol est jonché d'épines, de papiers gras, de boîtes de coca-cola. Lionel trébuche, il avance dans la pénombre, piétine des sacs en plastique, des feuilles de papier hygiénique. Il fait de plus en plus noir. L'endroit est peu rassurant mais le jeune homme a moins peur. Il entend, au loin, le grondement des voitures sur l'autoroute. Il avance encore, écrase un sachet de cacahuètes, continue droit devant lui, pressé de s'éloigner. Il finira bien par arriver quelque part.

Avant-propos de Milan Kundera
   La nudité comique des choses   9

Scènes de la vie   13

Dans la sanisette   33

La plage du Havre   51

Zone Nature Protégée   77

Scènes de la vie (2)   123

Comme au cinéma   143

DU MÊME AUTEUR

Aux Éditions Gallimard

L'AMOUREUX MALGRÉ LUI, *roman* (1989).

TOUT DOIT DISPARAÎTRE, *roman* (1992).

GAIETÉ PARISIENNE, *roman* (1996 et Folio n° 3136).

DRÔLE DE TEMPS (1997 et Folio n° 3472), prix de la Nouvelle de l'Académie française.

LES MALENTENDUS, *roman* (1999).

LE VOYAGE EN FRANCE, *roman* (2001).

Chez d'autres éditeurs

SOMMEIL PERDU, *roman* (Grasset, 1985).

REQUIEM POUR UNE AVANT-GARDE, *essai* (Robert Laffont 1995 et Pocket « Agora » n° 234).

L'OPÉRETTE EN FRANCE, *essai illustré* (Le Seuil, 1997).

À PROPOS DES VACHES (Les Belles Lettres, 2000).

COLLECTION FOLIO

Dernières parutions

3383. Jacques Prévert — *Imaginaires.*
3384. Pierre Péju — *Naissances.*
3385. André Velter — *Zingaro suite équestre.*
3386. Hector Bianciotti — *Ce que la nuit raconte au jour.*
3387. Chrystine Brouillet — *Les neuf vies d'Edward.*
3388. Louis Calaferte — *Requiem des innocents.*
3389. Jonathan Coe — *La Maison du sommeil.*
3390. Camille Laurens — *Les travaux d'Hercule.*
3391. Naguib Mahfouz — *Akhénaton le renégat.*
3392. Cees Nooteboom — *L'histoire suivante.*
3393. Arto Paasilinna — *La cavale du géomètre.*
3394. Jean-Christophe Rufin — *Sauver Ispahan.*
3395. Marie de France — *Lais.*
3396. Chrétien de Troyes — *Yvain ou le Chevalier au Lion.*
3397. Jules Vallès — *L'Enfant.*
3398. Marivaux — *L'Île des Esclaves.*
3399. R.L. Stevenson — *L'Île au trésor.*
3400. Philippe Carles et Jean-Louis Comolli — *Free jazz, Black power.*
3401. Frédéric Beigbeder — *Nouvelles sous ecstasy.*
3402. Mehdi Charef — *La maison d'Alexina.*
3403. Laurence Cossé — *La femme du premier ministre.*
3404. Jeanne Cressanges — *Le luthier de Mirecourt.*
3405. Pierrette Fleutiaux — *L'expédition.*
3406. Gilles Leroy — *Machines à sous.*
3407. Pierre Magnan — *Un grison d'Arcadie.*
3408. Patrick Modiano — *Des inconnues.*
3409. Cees Nooteboom — *Le chant de l'être et du paraître.*
3410. Cees Nooteboom — *Mokusei!*
3411. Jean-Marie Rouart — *Bernis le cardinal des plaisirs.*
3412. Julie Wolkenstein — *Juliette ou la paresseuse.*
3413. Geoffrey Chaucer — *Les Contes de Canterbury.*
3414. Collectif — *La Querelle des Anciens et des Modernes.*

3415. Marie Nimier   *Sirène.*
3416. Corneille   *L'Illusion Comique.*
3417. Laure Adler   *Marguerite Duras.*
3418. Clélie Aster   *O.D.C.*
3419. Jacques Bellefroid   *Le réel est un crime parfait,
     Monsieur Black.*

3420. Elvire de Brissac   *Au diable.*
3421. Chantal Delsol   *Quatre.*
3422. Tristan Egolf   *Le seigneur des porcheries.*
3423. Witold Gombrowicz   *Théâtre.*
3424. Roger Grenier   *Les larmes d'Ulysse.*
3425. Pierre Hebey   *Une seule femme.*
3426. Gérard Oberlé   *Nil rouge.*
3427. Kenzaburô Ôé   *Le jeu du siècle.*
3428. Orhan Pamuk   *La vie nouvelle.*
3429. Marc Petit   *Architecte des glaces.*
3430. George Steiner   *Errata.*
3431. Michel Tournier   *Célébrations.*
3432. Abélard et Héloïse   *Correspondances.*
3433. Charles Baudelaire   *Correspondance.*
3434. Daniel Pennac   *Aux fruits de la passion.*
3435. Béroul   *Tristan et Yseut.*
3436. Christian Bobin   *Geai.*
3437. Alphone Boudard   *Chère visiteuse.*
3438. Jerome Charyn   *Mort d'un roi du tango.*
3439. Pietro Citati   *La lumière de la nuit.*
3440. Shûsaku Endô   *Une femme nommée Shizu.*
3441. Frédéric. H. Fajardie   *Quadrige.*
3442. Alain Finkielkraut   *L'ingratitude.* Conversation sur
     notre temps

3443. Régis Jauffret   *Clémence Picot.*
3444. Pascale Kramer   *Onze ans plus tard.*
3445. Camille Laurens   *L'Avenir.*
3446. Alina Reyes   *Moha m'aime.*
3447. Jacques Tournier   *Des persiennes vert perroquet.*
3448. Anonyme   *Pyrame et Thisbé, Narcisse,
     Philomena.*

3449. Marcel Aymé   *Enjambées.*
3450. Patrick Lapeyre   *Sissy, c'est moi.*
3451. Emmanuel Moses   *Papernik.*
3452. Jacques Sternberg   *Le cœur froid.*

3453. Gérard Corbiau — *Le Roi danse.*
3455. Pierre Assouline — *Cartier-Bresson (L'œil du siècle).*
3456. Marie Darrieussecq — *Le mal de mer.*
3457. Jean-Paul Enthoven — *Les enfants de Saturne.*
3458. Bossuet — *Sermons. Le Carême du Louvre.*
3459. Philippe Labro — *Manuella.*
3460. J.M.G. Le Clézio — *Hasard* suivi de *Angoli Mala.*
3461. Joëlle Miquel — *Mal-aimés.*
3462. Pierre Pelot — *Debout dans le ventre blanc du silence.*
3463. J.-B. Pontalis — *L'enfant des limbes.*
3464. Jean-Noël Schifano — *La danse des ardents.*
3465. Bruno Tessarech — *La machine à écrire.*
3466. Sophie de Vilmorin — *Aimer encore.*
3467. Hésiode — *Théogonie* et autres poèmes.
3468. Jacques Bellefroid — *Les étoiles filantes.*
3469. Tonino Benacquista — *Tout à l'ego.*
3470. Philippe Delerm — *Mister Mouse.*
3471. Gérard Delteil — *Bugs.*
3472. Benoît Duteurtre — *Drôle de temps.*
3473. Philippe Le Guillou — *Les sept noms du peintre.*
3474. Alice Massat — *Le ministère de l'intérieur.*
3475. Jean d'Ormesson — *Le rapport Gabriel.*
3476. Postel & Duchâtel — *Pandore et l'ouvre-boîte.*
3477. Gilbert Sinoué — *L'enfant de Bruges.*
3478. Driss Chraïbi — *Vu, lu, entendu.*
3479. Hitonari Tsuji — *Le Bouddha blanc.*
3480. Denis Diderot — *Les Deux amis de Bourbonne* (à paraître).
3481. Daniel Boulanger — *Le miroitier.*
3482. Nicolas Bréhal — *Le sens de la nuit.*
3483. Michel del Castillo — *Colette, une certaine France.*
3484. Michèle Desbordes — *La demande.*
3485. Joël Egloff — *« Edmond Ganglion & fils ».*
3486. Françoise Giroud — *Portraits sans retouches (1945-1955).*
3487. Jean-Marie Laclavetine — *Première ligne.*
3488. Patrick O'Brian — *Pablo Ruiz Picasso.*
3489. Ludmila Oulitskaïa — *De joyeuses funérailles.*

3490. Pierre Pelot — *La piste du Dakota.*
3491. Nathalie Rheims — *L'un pour l'autre.*
3492. Jean-Christophe Rufin — *Asmara et les causes perdues.*
3493. Anne Radcliffe — *Les mystères d'Udolphe.*
3494. Ian McEwan — *Délire d'amour.*
3495. Joseph Mitchell — *Le secret de Joe Gould.*
3496. Robert Bober — *Berg et Beck.*
3497. Michel Braudeau — *Loin des forêts.*
3498. Michel Braudeau — *Le livre de John.*
3499. Philippe Caubère — *Les carnets d'un jeune homme.*
3500. Jerome Charyn — *Frog.*
3501. Catherine Cusset — *Le problème avec Jane.*
3502. Catherine Cusset — *En toute innocence.*
3503. Marguerite Duras — *Yann Andréa Steiner.*
3504. Leslie Kaplan — *Le psychanalyste.*
3505. Gabriel Matzneff — *Les lèvres menteuses.*
3506. Richard Millet — *La chambre d'ivoire...*
3507. Boualem Sansal — *Le serment des barbares.*
3508. Martin Amis — *Train de nuit.*
3509. Andersen — *Contes choisis.*
3510. Defoe — *Robinson Crusoé.*
3511. Dumas — *Les Trois Mousquetaires.*
3512. Flaubert — *Madame Bovary.*
3513. Hugo — *Quatrevingt-treize.*
3514. Prévost — *Manon Lescaut.*
3515. Shakespeare — *Roméo et Juliette.*
3516. Zola — *La bête humaine.*
3517. Zola — *Thérèse Raquin.*
3518. Frédéric Beigbeder — *L'amour dure trois ans.*
3519. Jacques Bellefroid — *Fille de joie.*
3520. Emmanuel Carrère — *L'adversaire.*
3521. Réjean Ducharme — *Gros mots.*
3522. Timothy Findley — *La fille de l'Homme au piano.*
3523. Alexandre Jardin — *Autobiographie d'un amour.*
3524. Frances Mayes — *Bella Italia.*
3525. Dominique Rolin — *Journal amoureux.*
3526. Dominique Sampiero — *Le ciel et la terre.*
3527. Alain Veinstein — *Violante.*
3528. Lajos Zilahy — *L'Ange de la Colère (Les Dukay tome II).*

3529. Antoine de Baecque

	et Serge Toubiana	*François Truffaut.*
3530.	Dominique Bona	*Romain Gary.*
3531.	Gustave Flaubert	*Les Mémoires d'un fou.*
		Novembre. Pyrénées-Corse.
		Voyage en Italie.
3532.	Vladimir Nabokov	*Lolita.*
3533.	Philip Roth	*Pastorale américaine.*
3534.	Pascale Froment	*Roberto Succo.*
3535.	Christian Bobin	*Tout le monde est occupé.*
3536.	Sébastien Japrisot	*Les mal partis.*
3537.	Camille Laurens	*Romance.*
3538.	Joseph Marshall III	*L'hiver du fer sacré.*
3540	Bertrand Poirot-Delpech	*Monsieur le Prince.*
3541.	Daniel Prévost	*Le passé sous silence.*
3542.	Pascal Quignard	*Terrasse à Rome.*
3543.	Shan Sa	*Les quatre vies du saule.*
3544.	Eric Yung	*La tentation de l'ombre.*
3545.	Stephen Marlowe	*Octobre solitaire.*
3546.	Albert Memmi	*Le Scorpion.*
3547.	Tchékhov	*L'Île de Sakhaline.*
3548.	Philippe Beaussant	*Stradella.*
3549.	Michel Cyprien	*Le chocolat d'Apolline.*
3550.	Naguib Mahfouz	*La Belle du Caire.*
3551.	Marie Nimier	*Domino.*
3552.	Bernard Pivot	*Le métier de lire.*
3553.	Antoine Piazza	*Roman fleuve.*
3554.	Serge Doubrovsky	*Fils.*
3555.	Serge Doubrovsky	*Un amour de soi.*
3556.	Annie Ernaux	*L'événement.*
3557.	Annie Ernaux	*La vie extérieure.*
3558.	Peter Handke	*Par une nuit obscure, je sortis de ma maison tranquille.*
3559.	Angela Huth	*Tendres silences.*
3560.	Hervé Jaouen	*Merci de fermer la porte.*
3561.	Charles Juliet	*Attente en automne.*
3562.	Joseph Kessel	*Contes.*
3563.	Jean-Claude Pirotte	*Mont Afrique.*
3564.	Lao She	*Quatre générations sous un même toit III.*
3565.	Dai Sijie	*Balzac et la Petite Tailleuse chinoise.*

Composé et achevé d'imprimer
par la Société Nouvelle Firmin-Didot
à Mesnil-sur-l'Estrée, le 5 novembre 2001.
Dépôt légal : novembre 2001.
1ᵉʳ dépôt légal dans la collection : janvier 2001.
Numéro d'imprimeur : 57561.
ISBN 2-07-041723-9/Imprimé en France.